Toyin Adewale

Flackernde Kerzen

Frauengeschichten aus Nigeria

aus dem Englischen übertragen
von Anita Jörges-Djafari

Schmetterling Verlag

Bibliografische Informationen *Der Deutschen Bibliothek*
Die Deutsche Bibliothek verzeichnet diese Publikation in der Deutschen Nationalbibliografie; detaillierte Daten sind im Internet über
http://dnb.ddb.de
abrufbar

Schmetterling Verlag GmbH
Lindenspürstr. 38b
70176 Stuttgart
Schmetterling Verlag GmbH ist Mitglied von aLiVe,
der assoziation Linker Verlage.

Übertragen aus dem englischen Originalmanuskript von
Anita Jörges-Djafari
Titelgestaltung mit einer Zeichnung von Ewa Tyndel

ISBN 3-89657-127-3
2., durchgesehene Auflage 2003
Printed in Germany

Satz und Reproduktionen: Schmetterling Verlag, Text GmbH
Druck: GuS-Druck GmbH, Stuttgart
Binden: IDUPA, Owen

Inhalt

Thanks be to God
for Open Heavens
Your gentleness has made me fertile

Bittere Schokolade

Einsam ist es an diesem Ende der Welt. Der Staub auf dem Boden hält still. Er ist gefügig. Die Sandkörner liegen erschöpft am Boden. Kein Wind wirbelt sie auf. Du ritzt deine Tage in den Sand. Ich bin jetzt seit acht Monaten hier, sagst du zu dir selbst. Zweihundertundachtundreißig Linien starren dich an aus dem Staub. Eine Linie für jeden Tag.

Du kratzt dich am Oberschenkel, versuchst, den unerreichbaren Juckreiz zu erreichen. Wenn du eine Schere hättest, würdest du tief in das Fleisch vordringen bis zu dem Juckreiz. Du würdest ihn auf den Schnellstraßen deines Blutkreislaufs verfolgen und herausholen, aber du hast keine Schere. Es gibt gar nichts Scharfes hier. Sie haben dir alles weggenommen. Deine Gefängniswärter. Du kratzt und kratzt, öffnest deine Schenkel, beugst sie zu zwei gegenüberliegenden Vs. Deine Haut schält sich in deiner Hand. Deine früher-einmal-hübsche-ebenholz-glatte, wie-von-Künstlerhand-polierte Haut. Deine glänzende Haut, so strahlend, daß sie einem Mann ins Auge stach und er keine andere Frau mehr sah als dich. Und er dich heiraten mußte, um sein Sehvermögen wiederzugewinnen.

Hautausschläge eitern an deinem ganzen Körper. Wo die Wanzen und Kakerlaken in der Nacht aufgehört haben, machen die Bazillen tagsüber weiter. Sie haben dir keine Seife zum Waschen gegeben, seitdem das letzte Stück, das dein Mann gekauft hat, aufgebraucht ist. Du hast den Arzt gebeten, dir eine bestimmte Salbe zu besorgen, die die Ausschläge heilt. Er sagte, ich kann es nicht versprechen. Ich werde im Bestand nachsehen, was wir haben, und falls eine vorhanden ist, werde ich dafür sorgen, daß Sie sie bekommen. Und wenn keine da ist, wird deine Haut dann im Staub zugrunde gehen? Er kann dir nicht in die Augen sehen und antwortet nicht. Er schlurft aus dem Zimmer.

Der unerreichbare Juckreiz, du bleibst dran. Deine Fingernägel sind schon alle abgebrochen, aber zumindest hilft es, die

Stille zu vertreiben. Diese Ewigkeit der Zeit willst du nicht. Und es wurde Abend und es wurde Morgen, es war der vierte Tag. Und es wurde Abend, und es wurde Morgen, es war der sechste Monat. Und die Zeit vergeht, raubt dir den Atem, verzweifelst ritzt du deine Tage in den Staub.

Du kratzt immer noch deine Schenkel. Deine weiblichen Ausdünstungen dringen in deine Nase. Deine Unterhose, die du drei Tage nicht gewaschen hast, riecht nach getrockneter Pisse und all deinen Säften. Du bist mitten in deinem Zyklus. Dein Eiweiß-Saft wird zu einer kristallklaren elastischen Flüssigkeit. Sie läßt sich endlos dehnen. Du könntest sie fast von einem Ende des Raumes zum anderen ziehen. Zu einer anderen Zeit, an einem anderen Ort würdest du jetzt deinen Mann umarmen, ihn tief ihn dir aufnehmen, ihn mit deinen Muskeln einer Frau festhalten, und er würde seufzen und kommen, ein bißchen schreien, sich in dir ergießen, dich anschauen mit liebenden Augen.

Diese vier mal vier große Sackgasse mit einer halbtoten Glühbirne und einem Fenster, das einen winzigen Lichtstrahl hereinwirft. Ein Fenster in einer Höhe, an die du nie heranreichst, ein bewaffnetes Fenster, Eisengitter mit Nagelzähnen. Ein Nachttopf steht in der Ecke. Und neben deinem Feldbett ein kleines Bücherregal. Die Bücher halten deinen Geist wach, aber sie stillen nicht deinen Hunger. Nicht deinen Durst nach Neuigkeiten. Das ist dein größter Schmerz. Diese Hungerkur bei den Nachrichten. Nachrichten, die um die ganze Welt gehen. Blitzlichtgewitter, CNN schüttet sie aus, aber die Nachrichten werden ausgeschüttet ohne dich. Studentenunruhen in Indonesien. Hunderte von Toten. Energiekrise legt Lagos lahm. Führer betrügen Anhänger, lassen sie hinrichten. Speichellecker importieren Reis für Könige, die niemals ihren Thron verlassen würden, nicht einmal für die Söhne ihrer Söhne, aber du bekommst nichts davon mit.

Einmal im Monat erlauben sie deinem Mann, mit dir für eine halbe Stunde durch die Eisengitter zu sprechen. Er zeigt dir neue Fotos von deiner Tochter und ihre gekritzelten Wachsmalstift-

Grüße: «Ich liebe dich, Mami, wann kommst du nach Hause?» Du sagst zu ihm: «Was gibt es Neues?» Er erzählt dir: «Die Höflinge haben gesagt, daß der König bleiben muß. Der königliche Schuhmacher sagt, daß seine Ausrüstung extra in Italien für den König angefertigt wurde. Kein Nachfolger kann seine Schuhe tragen. Der königliche Koch sagt, daß seine Rezepte allein zum Pläsir des Königs erfunden wurden. Jeden Tag halten die Lobsinger Konzerte im königlichen Hof ab und preisen ihn mit Gesängen, worin es heißt, daß er der einzige Herr ist, der dieses Land regieren kann. Seine Sklaven haben mit Massenselbstmord gedroht, wenn er den Thron verläßt. Tagein, tagaus kündigen die königlichen Trommeln den Besuch hungriger Delegationen an, die durch die Wüste gekommen sind und die Meere überquert haben, nur um den König zu bitten, den Thron nicht zu verlassen.»

Du wirst immer wütender und erklärst: «Aber das Gesetz des Landes sagt, daß der König nach vier Jahren Regierungszeit abtreten muß!» Dein Mann antwortet dir: «Es gibt kein Gesetz in diesem Land. Ein königliches Dekret wurde erlassen, welches besagt, daß der König für alle Ewigkeit regieren kann, wenn das Volk es wünscht. Und Delegationen von Häuptlingen aus dem ganzen Land fallen dem König zu Füßen und flehen ihn an – im Namen des Volkes – er möge doch bitte bleiben...» Du fragst deinen Mann: «Und der König, was sagt er?» «Er gibt ihnen ein paar Säcke Reis und ein paar Stück Seife und sagt nichts.» «Nichts?» «Ja», erwidert dein Mann. «Er sagt nichts...»

Ein Gefängniswärter kommt herein und tippt deinem Mann auf die Schulter. «Zeit ist um», blafft er. Dein Mann gibt ihm eine Plastiktüte, in der vier Stücke medizinischer Seife sind, drei Päckchen Fruchtsaft, ein paar Kekse, eine Flasche Körperlotion, ein kleines Päckchen Butter, zwei Päckchen Zucker, zwei Dosen Ovomaltine und etwas Geld. Du weißt, daß du nur die Hälfte davon bekommen wirst, der Gefängniswärter wird die andere Hälfte stehlen und die Beute seiner Familie mitbringen.

Dein Mann erhebt sich von dem Stuhl, auf dem er gesessen hat, und geht rückwärts hinaus, behält dich in seinem noch-immer-liebenden Blick und wirft dir Handküsse zu, während er allmählich aus deinen Augen verschwindet. Die Frage deiner Tochter steht bedrohlich vor dir: «Mami, wann kommst du nach Hause?» «Ich weiß nicht, mein Schatz, ich weiß nicht...» Deine Wut will die Kinder des Aufsehers verwünschen, du weißt, sie sind da draußen unter dem Baum und spielen mit ihrer eigenen Mutter, während deine Tochter es sich vor dem Fernseher gemütlich macht und sich mit Zeichentrickfilmen tröstet, bis ihr Papi zurückkommt. Du stößt Flüche aus. Energisch entweichen sie deinem Mund, bilden einen Kreis, nähern sich dem Gefängniswärter: Sollen seine Kinder doch zu Waisen werden, der Ostwind soll seine Ernte verderben, er soll hundertfach säen und nichts als Leere einbringen. Der Kreis beginnt, sich um ihn zu schließen. Dichter. Immer dichter. Aber du nimmst alles zurück, durchbrichst den Kreis der Flüche und verbrennst sie in einem Feuer. Warum seine Kinder zu Waisen verwünschen, wenn die Wächter der Nation bereits das Leben der Menschen für Säcke mit Reis und Seifenstücke mit Hypotheken belegt haben? Warum das blutige Land mit noch mehr Blut tränken?

Als der Wärter die Tür des kleinen Raums öffnet, um dich zurück in deine Zelle zu bringen, weißt du, daß die Plastiktüte bereits leichter ist. Er hat dein Eigentum im Bruchteil einer Sekunde gestohlen. Er gibt dir die Tüte. Seine Hand verharrt auf deiner Hand, sein Daumen streichelt deine Handfläche. Du fauchst ihn an und beeilst dich, in deine Zelle zu kommen. Die Tür schlägt zu. Du sitzt auf deinem Feldbett und reißt mit den Zähnen eine Packung Kekse und einen Karton Fruchtsaft auf. Du lachst leise in dich hinein, während du anfängst zu kauen. Wie überflüssig können doch Messer, Löffel, Teller und Tassen sein, wenn eine Frau noch zweiunddreißig scharfe Zähne in ihrem Mund hat.

Zwischen dem vierten und fünften Schokoladenkeks hat dein Mann eine Notiz eingeschmuggelt. Du öffnest sie und liest: «Ich liebe dich sehr. Ich wünschte, ich könnte dich jetzt in meine Arme nehmen. Nachts ist es wirklich hart für mich...» Angst ergreift vollständig Besitz von dir, dein Herz krampft sich zusammen. Was will er dir damit sagen? Du versuchst, seine Worte zu deuten, denn du kennst die Macht der Worte. Mit Worten verdienst du dein Geld. Es waren deine Worte, die dich ins Gefängnis gebracht haben. Deine schreiende Titelgeschichte, die dazu führte, daß dein wöchentliches Nachrichtenmagazin an einem Tag ausverkauft war – Der König bricht sein Versprechen. Er geht nicht am 12. Juni!

Du hattest Gerüchte gehört von einer Kampagne, die der König inszeniert hatte, um seine Macht bis in alle Ewigkeit zu sichern. Die Nachrichten verfolgten dich, du gingst den Berichten nach, bist durchs Land gereist, hast zuverlässige Quellen aufgespürt und Palastgehilfen befragt, die bereit waren, anonyme Aussagen zu machen. Und dann hast du die Geschichte in eine Prosa verwandelt, die den Pulitzerpreis verdient gehabt hätte. Die Nachricht verstreute sich in alle Winde. Die Winde trugen sie davon, in die Zentren bis an die Grenzen des Landes – wie motorisierte Vorreiter. Die Leute waren verwirrt. Der König, den sie als Patrioten und aufrichtigen Gönner seines Volkes verehrten, hatte es ihnen in einem gefühlsseligen Moment versprochen: «Ich brauche keine Unruhen, die mich zum Aufhören zwingen. Ich werde am 12. Juni abtreten und die Macht an eine demokratisch gewählte Regierung übergeben.»

Deine sorgfältig recherchierte Story hatte das Staatsgeheimnis gelüftet, und seine Schergen hatten dich geholt. Sie zerrten dich vor ein Gericht, das noch in der Nacht eilig einberufen wurde. Der schlaftrunkene Richter mit Perücke und Pantoffeln döste während der Verhandlung andauernd ein. Er wachte rechtzeitig auf, um dich zu fünfundzwanzig Jahren Gefängnis zu verurteilen wegen Anstiftung zu einer Revolte gegen den König...

Und nach acht Monaten von fünfundzwanzig Jahren kaust du an den Worten deines Mannes: «Nachts ist es für mich wirklich hart.» Und an denen deiner Tochter: «Mami, wann kommst du nach Hause?» Die bitteren Worte knirschen in den Schokoladekeksen unter deinen Backenzähnen. Bittere Schokolade. Was sagt dein Mann dir da? Mit wem schläft er jetzt? Wird sein liebender Blick all die Jahre der Trennung anhalten? Wird deine Tochter eine andere Mami lieben? Du kaust deine Kekse. Du schluckst den Fruchtsaft aus dem Karton herunter. Du hältst fest an der Gegenwart. Wer weiß? Vielleicht führen sie dich heute hinaus in die allerletzte Nacht – um drei Uhr nachmittags.

Perücke am Morgen

«Es geschah auf dem Markt von Oba, wo meine Cousine einen Stand hat. Ich beugte mich gerade über einen Haufen Second-Hand-Kleidung und suchte nach passenden T-Shirts für meine Teenager-Tochter. Ich wühlte in den Sachen und entdeckte eine Anwaltsperücke, ein Bündel dicht geflochtener weißer Locken. Es war die Perücke, die ich in meinem Traum sah.»

«Ah, das klingt ja wirklich bedeutungsvoll, eine Anwaltsperücke in Second-Hand-Sachen.»

«Mir macht das Angst. Das ist läßt nichts Gutes ahnen. Im Traum habe ich dann aufgehört, nach T-Shirts zu suchen. Ich habe die Perücke gekauft, ordentlich eingepackt und mir vorgenommen, sie Anwalt Kunle zu schenken, sobald ich wieder daheim sein würde. Ich wollte runter vom Markt, zwängte mich durch die Massen, als meine Gliedmaßen plötzlich ganz schwer wurden. Ich konnte nicht mehr weiter, schien den Körper eines Elefanten und die Beine einer Kakerlake zu haben. Ich sackte zusammen, sank auf die Knie. Irgend etwas hielt mich dort fest und zog mich schließlich zurück. Ich wurde in einen roten Raum gezerrt. Jedes Fleckchen darin war blutrot getüncht, die Wände, die Decke, der Fußboden.»

«Sie machen mir Sorgen. Welch sonderbarer Traum. Haben Sie häufig solche Alpträume?»

«Nein, und deshalb nehme ich diesen sehr ernst. In dem roten Raum entdeckte ich einen vollkommen erbleichten Schädel. Der Schädel beugte sich lachend und brüllend über zwei tote Körper. Männerleichen, in Anwaltsroben gehüllt, in ihrer ganzen gerichtlichen Würde, nur daß einer die Perücke fehlte.

Nun befahl mir der Schädel, die Perücke in meiner Hand auszupacken und dem Kopf des Leichnams ohne Perücke aufzusetzen. Ich wickelte die Perücke aus und näherte mich zitternd dem Körper. Jetzt konnte ich den Leichnam gut erkennen. Es war Anwalt Kunle. Ich ließ die Perücke fallen und schrie. Mein Mann hat mich dann wachgerüttelt und gesagt, ich hätte so laut geschrien, daß ich noch das ganze Haus aufwecken würde. Dann habe ich ihm von dem Traum erzählt.»

«Und was hat er gesagt?»

«Er hat mir auf die Schulter geklopft und gemeint, ich hätte eine zu wilde Phantasie. Er hat sich auf die Seite gedreht und ist wieder eingeschlafen.

Ich hoffe, daß er in Sicherheit ist, daß sie ihn diesmal verschonen. Das letzte Mal, als sie ihn abgeholt haben, ist er beinahe umgekommen. Sie holten ihn mitten in der Nacht und brachten ihn an den Stadtrand von Lagos. Sie haben ihn übel verprügelt und im Wald auf Gedeih und Verderb den Schlangen überlassen. Er ist lange umhergeirrt und hat versucht zurückzufinden, ohne zu merken, daß er dabei tiefer und tiefer in den Busch geriet. Ein Jäger entdeckte ihn und hielt ihn für einen Pavian. Er zielte auf ihn und hätte beinahe auf ihn geschossen. Er habe den Jäger angefleht: Nicht schießen, ich bin ein Mensch! Daraufhin hat ihn der Jäger aus dem Wald geführt und ihm Geld für die Heimfahrt gegeben.»

«Ich hoffe, daß er diesmal mehr Glück hat. Ihr Traum macht mir wirklich Angst. Eine Anwaltsperücke in einem Haufen Second-Hand-Kleider... Anwaltsperücken sind sehr teuer. Im wirklichen Leben werden sie nie so einfach weggeworfen... Der rote Raum und der Schädel. Ihr Traum, er riecht so sehr nach Tod. Ich hoffe, daß ihm nichts passiert ist. Seine Kinder sind zu klein, um Waisen zu werden. Sein ältester Sohn ist gerade erst sieben.»

«Ich habe gehört, vor vier Tagen sind sie wieder bei ihm gewesen. Wir waren die ganze Nacht auf einer Party in Imeko. Als wir heimkamen, war die gesamte Straße deswegen in heller Aufregung. Der Krach hatte alle geweckt, erfuhr ich.»

«Das war ganz entsetzlich, meine Liebe. Sie haben gegen das Tor getrommelt wie eine Horde unzurechnungsfähiger Trunkenbolde. Der Lärm hat mich geweckt. Im ersten Moment dachte ich an Diebe, die uns ausrauben wollten. Ich war vor Angst wie gelähmt. Ganz vorsichtig stieg ich aus dem Bett und paßte dabei auf, daß die Bettfedern nicht quietschten. Auf

Zehenspitzen schlich ich zum Toilettentisch, griff nach der Taschenlampe und zog vorsichtig die Vorhänge zu, bevor ich die Lampe anknipste.

Stück für Stück begann ich, meinen Goldschmuck und den größten Teil der hunderttausend Naira zu verstecken, die ich im Haus hatte. In verschiedenen Verstecken... in alten Schuhen, in dem Loch in der Decke, in allem, was mir in den Sinn kam.»

«Ha, ha, na Sie sind ja lustig.»

«Ja, jetzt klingt das lustig. Ich hatte solche Angst, ich hätte mir fast in die Hose gemacht... Ich habe mich nicht auf's Klo getraut, weil die Tür immer so quietscht. Zwanzigtausend Naira habe ich in meiner Tasche gelassen als Angebot an die Diebe, falls sie in meine Wohnung kämen. Weißt du, manchmal morden sie aus Wut darüber, daß sie beim Opfer nichts finden. Noch einmal überprüfte ich den Riegel meiner Schlafzimmertür und kroch unter das Bett.

Aber der Radau ging weiter. Sie trommelten weiter gegen das Tor, und ich hörte die Stimme der Frau von Anwalt Kunle.»

«Du hast ihre Stimme gehört?»

«Ja. Sie ist eine sehr starke Frau, mutig rief sie: Ich mache das Tor nicht auf. Dann hörte ich einen Mann sagen: Madam Kunle, öffnen Sie dieses Tor, andernfalls werden wir es aufbrechen. Das wird dem Hausbesitzer bestimmt nicht gefallen, oder? Der wird Sie die Reparatur zahlen lassen und rauswerfen. Sie wissen, gute Häuser sind schwer zu finden in Lagos. Wo wollen Sie ein anderes Haus finden? Öffnen Sie dieses Tor, in Ihrem eigenen Interesse.»

«Und, hat sie das Tor geöffnet?»

«Nein. Ich sage ja, sie ist eine sehr starke Frau. Als ich hörte, was gesprochen wurde, kroch ich aus meinem Versteck und zog die Vorhänge ein wenig zurück. Ich blickte hinaus und sah einen hellblauen Peugeot-Kombi. Ein Mann lungerte im Wagen herum und rauchte eine Zigarette. Zwei andere trommelten weiter gegen das Tor. Ihre Gesichter konnte ich nicht erkennen. Es war ja dunkel, doch sie erschienen schlank und großgewachsen.»

«Sie kamen mit drei Männern, um ihn zu holen?»

«Ja. Wieder rief seine Frau: Ich werde das Tor nicht vor sieben Uhr aufmachen! Dann wird die ganze Straße auf den Beinen sein. Ich will, daß euch jeder sieht! Einer der Männer rief: Mach das Tor auf, Frau, dein Mann ist Anwalt, der weiß, was es bedeutet, sich einer Vernehmung zu entziehen. Sie antwortete: Ich habe euch gesagt, ich werde dieses Tor nicht öffnen, ihr könnt machen, was ihr wollt.»

«Das hat sie zu den Geheimdienstlern gesagt?»

«Ganz bestimmt. Ich habe alles mitgehört. Jeder in der Straße konnte sie hören. Der Mann war mittlerweile sehr aufgebracht und antwortete: Sie wollen mich hier also bis sieben Uhr warten lassen, noch zwei Stunden. Na gut, ich werde warten, aber machen Sie mich nicht für die Konsequenzen verantwortlich. Madam Kunle sagte nichts weiter. Die Männer steckten die Köpfe zusammen. Sie zündeten sich Zigaretten an und begannen zu rauchen. Für einen Moment herrschte Stille, doch plötzlich öffnete sich der Himmel und es goß in Strömen.»

«Da sind die Männer bestimmt weggefahren.»

«Du ahnst gar nicht, wie hartnäckig die sein können. Die haben sich einfach ins Auto zurückgezogen, die Fenster hochgekurbelt und gewartet, bis der Regen aufhörte...»

«Die müssen es ja sehr auf ihn abgesehen haben, wenn sie sich fast zwei Stunden in den strömenden Regen setzen.»

«Als der Regen anfing, ging ich ins Bett zurück, kroch unter die Decke und überlegte, was wir alle tun könnten, um diesem Nachbarn in Not zu helfen. Der Regen hörte noch vor sieben Uhr auf. Etwa zehn vor sieben klopfte ein früher Besucher ans Tor und rief nach Madam Kunle. Schnell kletterte ich aus dem Bett und nahm wieder meinen Beobachterposten hinter den Vorhängen ein. Madam Kunle trat aus dem Haus, mit ihrem Baby auf dem Rücken. Ihr älteres Kind hielt sie an der Hand.

Sie begrüßte ihren Besucher, öffnete das Tor und sprach zu den Geheimdienstlern: Ich hoffe, Sie hatten einen schönen langen Aufenthalt. Ihr seid alle junge Männer, da sollte man annehmen, ihr wäret Gentlemen. Ihr aber hämmert unverschämt mitten in der Nacht gegen mein Tor, weckt meine Kinder und all die Nachbarn auf. Zeigen Sie mir ihren Durchsuchungsbefehl...»

«Und, hatten sie einen dabei?»

«Nun, ich sah, wie sie irgendwelche Papiere aus ihren Taschen zogen und ihr zeigten. Madam Kunle betrachtete sie und erklärte: Die sind nicht echt. Genau wie beim letzten Mal, als ihr gesagt habt, er würde zu einem freundlichen Plausch in euer Hauptquartier gebeten. Ich habe ihn gehen lassen, und ihr habt ihn gekidnappt. Ihr habt ihn zusammengeschlagen und im Wald fast umgebracht. Ich werde nicht noch einmal zulassen, daß ihr meinen Mann mitnehmt.

Sie schubsten sie einfach zur Seite und drangen in das Haus ein. Dann beobachtete ich, wie Madam Kunle hastig ihrem Besucher etwas zuflüsterte und mit den Kindern und dem Freund zu dessen Auto rannte. Schließlich brausten sie davon.»

«Hat sie also doch zugelassen, daß die Geheimdienstler ihren Mann mitnahmen?»

«Nein, ihr Mann war gar nicht mehr im Haus. Ihr ganzes Geschrei war nichts als ein Ablenkungsmanöver, um ihm Zeit zur Flucht zu geben. Die Männer durchsuchten ihr Haus fast eine Stunde lang und verließen es nur mit einem Stapel Papiere. Etwa eine halbe Stunde, nachdem sie gegangen waren, kehrte Madam Kunle mit Leuten aus der Familie ihres Mannes und Freunden zurück...»

«Haben Sie ihren Mann seither wieder gesehen?»

«Nein, ich denke, er hält sich noch immer versteckt...»

«Ich hoffe, es ist ihm nichts passiert.»

«Das hoffe ich auch. Von Ihrem Traum erzählen Sie Madam Kunle lieber nichts.»

«Das würde ich nicht wagen.»

Kaskaden

Der Regen prasselt, prasselt auf die Straße, er kommt auf Touren. Der Regen ist unverschämt. Er hat den Wind fest im Griff. Sieh nur den eifersüchtigen Regen, er läßt nicht los. Zeitungspapier tollt auf der Suche nach Deckung hin und her, für den Staub gibt es keine Zuflucht. Alles wird besiegt, alles wird niedergetrampelt.

Klöng, klöng, klöng, die Wellblechdächer tanzen im Wind. Ihre Faltenröcke schlagen die Conga. Die Röcke erheben sich von den Dächern, ganz hoch und...

London Bridge is falling down, London bridge is falling down. Hey, hey, ich habe eine hungrige Frau in meinem Haus. London bridge is falling down, my fair lady. In den Korridoren der Seele bekämpft das Lied die Spinnweben, springt hervor mit hellen, klaren Schritten. Es ist das Lied der Krisen, der bitterschlechten Tage. Bloß nicht verrückt werden, denkt er.

Dort im Schlafzimmer steht sie an der Schwelle ihres Lebens. Sie ist das Eingangstor. Wie ein Puppenfigürchen. Sie hat ein Glöckchen in sich, das klingelt innen drin. Sie schwimmt in Schmerz, schwelgt in Hunger, Frau der leeren Küche und des arbeitslosen Mannes. Seit mehreren Stunden ist sie hungrig, in ihrem Bauch trägt sie ein Baby. Ihre geschwollenen Brüste kann sie nicht in den Mund nehmen und daran saugen. Wo bleibt der große Gott des Elias, der Brot und Wasser in der Wüste hervorbringt?

Der Regen prasselt weiter, verhängt die Fenster wie ein gestärktes, mit Speichel und Fleiß gebügeltes Bettuch. Ihr Küchenkasten gibt nichts Eßbares her. Die Luft raunt Beunruhigendes. Armer, verwirrter Mann. Arme, hungrige Frau und eine Landschaft bar jeden Wunders.

Tunji betritt das Schlafzimmer mit zitternden Händen und nimmt sie in die Arme. «Schatz, laß mich runter zu den Kunles gehen, ich glaube, die können uns etwas zu essen geben. Der Regen hört nicht auf... trink bitte etwas. Vielleicht lindert das den Hunger.»

Er weint innerlich, während sie das Wasser trinkt. Ihr Magen folgt der Melodie des Mangels. Er ist bis auf die Knochen abgemagert. Waren dies die Elefantenzähne, die er für die Füße dieser wunderschönen Frau versprochen hatte, die jetzt seine Tochter trug. Der Wind seufzt. Der Mann nimmt ihr die Tasse aus der Hand und legt sie sanft zurück auf das Bett. Er sitzt auf der Bettkante und betrachtet seine abgetragenen Schuhe. Seine schwarzgeränderten Zehennägel lugen aus löchrigen, stinkigen Socken heraus. Der fischige Gestank durchdringt die Luft.

Die Kosoko Railway Corporation war wieder in Schwierigkeiten. Er und seine Kollegen hatten seit sechs Monaten keinen Lohn mehr erhalten. Ihre Familien gingen allesamt am Bettelstab. Die meisten hatten ihre Kinder schon zu Verwandten und Freunden gebracht, die sie gewöhnlich als billige Arbeitskräfte nutzten. Sie wuschen, bügelten und schufteten für ihre Wohltäter, die ihnen dafür Kost und Logies gewährten. Ihre Vermieter waren am Ende ihrer Geduld angelangt und hatten ihnen beunruhigende Kündigungsschreiben zukommen lassen. Sie ließen sie unmißverständlich wissen, nicht länger für die Kosten des Leidens aufkommen zu können. Sie bedauerten ihre Misere, zogen dann aber die Schulrechnungen ihrer Kinder hervor und erklärten: «Schau mal, mein Freund. Du tust mir leid. Aber ich bin nicht die Regierung. Ich habe sehr viele Verpflichtungen. Mein Sohn besucht die Juristische Fakultät, die Jüngeren sind noch auf der Schule. Du mußt hier ausziehen.» Listig machten sie sich das Sprichwort der Selbsterhaltung zu eigen: «Wenn du mit einem Kind ins Feuer gerätst, mußt du erst den Brand an dir selbst löschen, bevor dem Kind geholfen werden kann.»

Die Proteste und Klagen bei der Regierung waren erfolglos geblieben. Man hatte ihnen lediglich mitgeteilt, die Regierung verfüge über keine Mittel und «wird sich der Sache annehmen und etwas unternehmen, sobald wieder Mittel zur Verfügung stehen». Was war mit all den Einnahmen der Eisenbahn geschehen? Die Züge lagen überall im Land herum, wie tote Ratten in den Straßen. Das Eisenbahnnetz schrie nach Instandsetzung. Einige Schienenstränge, die wichtige Städte durchzogen, waren kaum noch zu erkennen. Seit der Unabhängigkeit waren sie nicht erneuert worden. Dort wo Eisenbahn-Märkte aus dem Boden schossen, waren die Schienen in Wasserlachen versunken. Die Händler balancierten mit ihren Waren und Stühlen darauf, wie Akrobaten auf dem Drahtseil. Die Passanten mußten sich behutsam fortbewegen, aufpassen, nicht auf einer Bananen- oder Orangenschale auszurutschen. Neue Züge waren Mangelware, das Personal schlecht ausgebildet, dazu verdammt, in abgetragenen, schmuck- und würdelosen Uniformen herumzulaufen. Doch muß der Mensch in erster Linie essen, um zu leben.

Über die meiste Zeit hinweg hatten sie von ihrem Einkommen gelebt, ein kaum zureichender Hungerlohn. Es mußten Babysachen angeschafft und Krankenhausrechnungen beglichen werden. Und jetzt war sie in Schwangerschaftsurlaub, und ihr Lohn war halbiert worden aufgrund einer betrieblichen Regelung, wonach Frauen bei ihrem dreimonatigen Schwangerschaftsurlaub nur die Hälfte ihres Lohnes beanspruchen können. Sie hatten sich hier etwas geliehen, dort etwas geliehen, bis es niemanden mehr gab, an den sie sich wenden konnten.

Der Regen läßt nach. Sie schenkt ihm ein schwaches Lächeln, als er gerade losgehen will. Noch zweimal wendet er sich zu ihr um. Er will sie nicht allein im Haus zurücklassen. Er hat zuviel Angst...

Auf der gegenüberliegenden Straßenseite blickt Yetunde aus dem Fenster. Ein Walkman verstopft ihre Ohren. Sie freut sich, daß sich das Wetter aufklart. Sie pfeift leise vor sich hin und schneidet ein Stück Yams in Würfel. Dapo wird bald von der Arbeit heimkommen. Ihre Bewegungen sind die einer Frau voller Verlangen. Es ist ein guter Abend, um die Körper miteinander sprechen zu lassen. Das Wetter ist gerade richtig, um sich im Bett aneinander zu kuscheln. Sie lächelt in sich hinein und überlegt, was ihr Mann heute mitbringen würde. An jedem Zahltag hat er bisher für sie ein Geschenk gehabt.

Sie läßt ihren Blick durch die Küche schweifen. All ihre Schränke sind gähnend leer. Gott-sei-Dank ist heute Dapos Zahltag. Sie müssen ganz dringend Lebensmittel einkaufen. Sie nimmt die zweite Hälfte der Yams. Gerade will sie mit dem Schälen beginnen, da spricht jemand: «Bring die andere Hälfte zu den Adebayos hinüber.»

«Dapo, du sollst mich nicht erschrecken, wann bist du...» Sie dreht sich um, will ihrem Mann in die Arme fallen. Sie stößt auf luftige Leere. Da ist niemand. Oh, oh, wer hat mit ihr gesprochen? Angst steigt auf in ihrem Herzen, sie fühlt sich überfallen. «Oh mein Gott, in meinem Haus ist ein Eindringling.»

Voller Panik hetzt sie in jeden Raum ihres Hauses, reißt die Türen auf und springt ängstlich zurück, bereit, davonzuwehen, fort mit dem Wind. Da ist niemand. Sie hebt den Walkman auf, wo er heruntergefallen ist, und wieder ist die Stimme zu hören.

«Yetunde, bring die Yams hinüber. Sie hat Hunger.»

Sie fürchtet sich. Sie weiß, es ist sonst niemand im Haus. Wie Wasser, das nach einem Steinwurf kleine, gleichmäßige Wellen gibt, dämmert ihr allmählich, Gott könnte zu ihr sprechen. Vom Prediger in der Kirche hat sie gehört, daß Gott immer noch zu den Menschen spricht. Sie hatte es abgetan als religiösen Quatsch dieser Pfingstler, unpassend zum Technicolor-Zeitalter des gentechnischen Klonens. Sie vermutete dahinter eine Marketingstrategie der Prediger, die die Stimme Gottes jedem als Wohltat anboten, der ihrer Kirche beitrat.

Was ging hier vor?

Endlich wagte sie, ihre Zunge zu bewegen.

«Sprichst du zu mir, Gott?» Zweifel überkamen sie.

«Selbst wenn, du kennst doch sicher Dapos gewaltigen Appetit. Er kommt bestimmt so hungrig heim, wie kann ich da eine halbe Yams entbehren, also bitte, du weißt doch, mit Wohltätigkeit sollte man zu Hause anfangen.»

Plötzlich kam ihr eine Geschichte in den Sinn, die sie als kleines Mädchen in der Sonntagsschule gehört hatte. Die Geschichte der Witwe aus der Stadt Zapareth, einer Frau, wie sie es war, die ebenfalls den Ruf vernahm, einen Schritt ins Ungewisse zu gehen. Diese Frau beschloß, das bißchen Mehl und Öl, das sie besaß, zu teilen.

«Ach, jetzt hat es mich erwischt... Letzten Endes bin ich doch besser dran. Ich habe meinen Dapo. Nun, es ist eine späte Yams. Es heißt, späte Yams seien sehr sättigend. Ich hoffe, diese Hälfte wird uns heute abend genügen... Aber, aber wir grüßen einander nicht einmal. Wie kann ich da einfach so rüber gehen und ihnen ein Stück Yams geben? In was treibst du mich da, vielleicht schlagen sie mich sogar. Wahrscheinlich fühlen sie sich beleidigt. Sie haben ja bei mir nicht um Nahrung gebettelt, weißt du?»

Sie wägt ihre Argumente ab, fühlt jedoch, wie sie ihr von der Wand wieder entgegenprallen. Irgend etwas tief im Bauch, etwas Mächtiges, drängt sie zu gehen.

«Schon gut, schon gut...»

Flink wickelt sie die Yams in ein Stück Zeitungspapier und schiebt sie in eine schwarze Tragetüte. Sie eilt über die Straße und betritt das Haus, in dem die Adebayos leben. Der Korridor ist duster, obwohl draußen hellichter Tag ist. Halbnackte Kinder rennen spielend darin auf und ab. Ihre hervorstehenden Bäuchlein glänzen. Sie fragt eines der Kinder nach der Wohnung der Adebayos.

Das Kind weist auf die Tür mit der zerfetzten Gardine davor. Sie klopft einmal, sie klopft ein zweites Mal. Bevor sie ein drittes Mal klopft, ist ihr Mut im trüben Dunkel des Korridors dahingeschmolzen. Yetunde hängt die schwarze Tragetasche an den Türgriff und flieht.

Tunji hat erst seinen linken Schuh an, als er das Klopfen vernimmt. Wer immer es ist, hoffentlich wird er ihn nicht festnehmen. Er geht zur Tür, schließt auf und öffnet. Eine schwarze Tragetasche fällt zu Boden. Er rotiert einmal um die Erdachse. Welche neuen Feinde hat er sich gemacht? Er hat bisher gedacht, nur gegen den Hunger ankämpfen zu müssen. Aber warum hinterläßt jemand eine schwarze Tragetasche an seiner Tür? Tief getroffen rennt er hinein und holt einen langen

Stock hervor. Aus sicherer Entfernung schlägt er auf die Tasche ein. Nichts explodiert. Die Tasche fällt auseinander, etwas Zeitungspapier und ein angestoßenes Stück Yams kommt hervor. Tunji stürzt sich auf die Yams und fällt auf die Knie.

Zärtlich hebt er die Knolle auf. Vorsichtig entfernt er das Papier. Er kann den neuen Rhythmus des Windes hören, kann die nach einem Regenbad erfrischte Erde riechen. Ein Sonnenstrahl durchdringt den dunklen Korridor und liebkost sein Gesicht. Es weiß, die volltönenden Trommeln rufen nach einem Tanz. Er reißt sich los.

Am Strand

Sie kaut weiches, warmes Brot mit Kokosnußstücken und denkt, wie wohltuend es ist, im Schatten von Palmwedeln zu sitzen. Sie spürt die Sonne, die wie mit Nadeln durch das Schutzdach sticht. Entfernt hört sie Stimmen von spielenden Kindern vor den Fischerhütten. Sie ist allein und fühlt sich gut.

Durch die Sonnenbrille blickt sie in einen wolkenlosen Himmel. Der Atlantische Ozean küßt den Sand zu ihren Füßen; sie stellt sich vor, wie winzige Krabben überall im Sand herumkriechen. Die Atmosphäre ist erfüllt vom Leben am Meer. Fische werden gefangen, Fische werden gegessen. Die Fischer suchen nach Beute im Meer, und sie sind guter Hoffnung.

Aber sie denkt über all diese Dinge nicht wirklich nach. Sie lungert nur faul in der Sonne herum, verbringt Zeit mit sich selbst an diesem langen schmalen Strand. Der ist dicht gesäumt von Kokospalmen. Winzig kleine Fischerdörfchen schmiegen sich daran, und manchmal hört man den kühnen Aufschlag einer reifen Kokosnuß, die in den Kristallsand fällt. Mehr als eine Stunde entfernt von der Stadt und noch unentdeckt von den Touristen fand sie langgestreckte einsame Strände vor, wo sie einfach am Meeresufer entlangspazieren und kleine Gaben der Ruhe wie Muscheln im Sand aufnehmen konnte. Der Geruch des Meeres, von nassem Fisch und verrottendem Holz erfüllt die Luft. Sie liebt es, hierherzukommen und es in vollen Zügen zu genießen..

Die aufgeregte Stimme eines Kindes unterbricht ihre Tagträume.

«Auntie Sola, Uncle Lucky sagt, ich soll dich holen. Sch nell, beeil dich, die Fischer sind angekommen, sie ziehen schon ihre Netze ein...»

Sie springt auf und rennt mit dem Kind zu den Fischern. Ihr Freund Lucky, einer der Fischer, lächelt sie an, er sieht aufgeregt aus. Der Fang muß sehr gut gewesen sein. Sie hat Lucky vor einem Jahr kennengelernt, als sie zum ersten Mal an den Strand kam. Er reparierte damals sorgfältig sein verletztes

Boot, und sie beobachtete ihn still bei der Arbeit, vollkommen fasziniert.

Das Meer, die Fischer und all die Dinge, die gebraucht werden auf den wogenden Gewässern, haben sie schon immer angezogen, obwohl ihre Freundschaft mit dem Meer merkwürdig paradox ist. Es ruft sie, aber sie würde niemals darin schwimmen. Sie ißt gerne Fisch, aber sie kann nicht fischen. Sie liebt das Meer, aber sie traut ihm nicht. Und wenn die Gezeiten wechseln, die Wellen wütend werden und die Brise kalt, dann nimmt sie einfach ihre Strandtasche und geht nach Hause, ohne einen Blick zurück...

Im Laufe ihrer Strandbesuche freundete sie sich mit Lucky an, der ihr Geschichten erzählte vom Leben am Meer. Er stammte aus einem Dorf an der Küste Ghanas, es hatte ihn als Fischer nach Nigeria verschlagen, und er hatte beschlossen, am Meer zu leben... Manchmal schenkte er ihr frischen Fisch.

«Die Fischer sin gekomm. Ich sag dem Klein, soll dich rufen. Würd sagen, Fischfang heute gut.»

Sie steht neben ihm, ergriffen von der Atmosphäre voll gespannter Erwartung. Die Frauen der Fischer schwatzen in einer kleinen Gruppe und halten große Körbe in ihren Händen. Sie beobachten das Muskelspiel der Männer, deren Oberkörper vor Schweiß glänzen, während sie die Netze einziehen. Die Netze sind voll mit zappelnden Fischen und ein paar Oktopussen. Die Fischer beginnen, die Fische nach Größe zu sortieren. Die allgemeine Spannung läßt allmählich nach, und sie geht langsam mit Lucky zu ihrem Palmwedeldach zurück.

Plötzlich bemerkt sie den scharfen Geruch von Benzin in der Luft. Sie wendet den Blick nach rechts, sie fragt sich, wo der Geruch herkommen könnte. Weit und breit sind keine Tankstellen, und die Fischer fahren mit Kanus, die sie mit Rudern bewegen, sie haben keine Motoren. Sie wendet sich an Lucky.

«Du nich riech Benzin? Wo komm das her?»

«Aus Meer. Guck mal zum Meer.»

Sie blickt nach links und sieht auf das Meer. Dort treiben einige Kanister, große schwarze Benzinkanister, auf den Wellen. Ein paar Männer schwimmen hinter ihnen her und versuchen, sie in sechs auf und ab schaukelnde Kanus zu laden. Das sieht von weitem nach einem verdammt wackeligen Job aus.

«Was mach die mit Benzinkanistern?»

«Sin Schmuggler. Schmuggeln Benzin, bring von Nigeria nach Benin oder woanders hin.»

Am hellichten Tag schmuggeln sie Benzin vor der nigerianischen Küste!

Sie scheint mitten in einen Thriller geraten zu sein... Ob die Zollbeamten das mitbekämen, will sie von Lucky wissen.

«Und Zoll die nich schnappt?»

«Ach was, Sister. Du weißt doch, dein Land viel Betrug. Normal bestech Leute von Zoll, aber manchmal Zoll schnappt sie.»

«Wie mach die das Schmuggeln?»

«Die tun Benzin in Kanister, wie du gesehen hast. Dann laden um in Kanu und dann tun in anderes Boot, wartet draußen im Meer. Manchmal, Kanu geht so wie das hier. Wenn Nacht kommt, holt sie großes Boot und geht nach Benin mit Benzin. Wenn Wasserpolizei Weg versperrt, gibts Fight. Viele gehn schon dabei drauf. Bei letztem Trip von zehn Leuten nur sechs zurückkomm.»

Sie erreichen ihr Palmwedeldach, und sie fängt gleich an, ihre Sachen einzusammeln.

«Willste gehen?»

«Ich geh... Benzin stinkt, dreht mir Magen um.»

Der Anblick des freizügigen Benzinschmuggels am hellichten Tag an diesem verlassenen Strand in einem so ölreichen Land, in dem Benzinknappheit an öffentlichen Tankstellen schon Tradition geworden ist, erfüllt sie mit Ärger. Sie könnte platzen vor Wut, wenn sie an die langen Fußmärsche denkt, die die Menschen in Lagos auf sich nehmen müssen, wenn das Benzin knapp ist, und an die unverschämte Preiserhöhung für öffentliche Verkehrsmittel...

Außerdem ruinieren diese Schmuggler ihre geheiligte Zuflucht, vergiften das Wasser mit Benzin, verpesten die Meeresluft mit ihrem schmutzigen Geschäft... Sie geht niedergeschlagen zur Bushaltestelle und nimmt einen Bus in Richtung Stadtzentrum. Im Bus sitzt sie eingepfercht zwischen zwei Frauen mit sehr breiten Hüften. Wenn der Busfahrer den Schlaglöchern auf der Straße ausweicht, stößt sie an diese Hüften, das ist unangenehm. Der Bus ist vollgepackt mit Menschen, Reissäcken und Ballen mit Second-Hand-Kleidung, die über die Grenze geschmuggelt werden. Die Füße, staubbedeckt von all den Reisen, finden nirgendwo anders Platz als auf den Säcken mit poliertem thailändischen Reis.

Sie versucht, nicht daran zu denken, wie die Füße den Reis verschmutzen, sie wischt die Vorstellung von Bakterien und verdorbenen Lebensmitteln weg, die sich ihr aufdrängt... Alle paar Minuten hält der Bus ruckartig vor den offiziellen und inoffiziellen Straßenblockaden der Zoll- und Einwanderungsbehörde. Der Fahrer hält jedesmal an, das empfiehlt sich. Diese Straßensperren bestehen aus zwei mit Zement gefüllten Ölfässern, die mit Brettern, aus denen tückisch aussehende Nägel herausragen, verbunden sind. An jedem Halt starrt ein uniformierter Zollbeamter durch die Fensterscheiben. Er tut so, als ob er die Säcke mit dem geschmuggelten Reis nicht sieht.

Die Frau, die links neben ihr sitzt, hält eine kleine Tasche auf ihrem Schoß an sich gepreßt, und so etwas hat schon immer die Aufmerksamkeit der Leute vom Zoll erregt.

«Madam, was da drin in Tasche?»

Und sie antwortet klagend mit einer Stimme, die nach großem Leid und harter Arbeit klingt, ganz so, als sei sie gerade verlassen worden und müsse jetzt ihre zehn Kinder allein aufziehen:

«Nur bißchen Reis für meine Klein.»

Alle sind berührt von dieser Stimme, und kein Zollmann wagt es, ihr die Tasche wegzunehmen, er würde sofort gebrandmarkt als herzloser Mann, der eine arme Frau und ihre Kinder verhungern läßt. Alle im Bus würden einstimmig ein gutes Wort für sie einlegen: «Oga, laß du endlich Frau in Ruh. Hat bißchen Essen für Klein. Du bist auch geborn von Frau.»

Als er ihr «Nur bißchen Reis für meine Klein» hört, entfernt sich der Zollbeamte, schreitet langsam um den Bus herum und beendet seinen Rundgang an der Fahrerseite, um seine «Entschädigung?» zu kassieren. Wie eine Schlange, die sich durch das Gras windet, läßt der Fahrer etwas Geld in die Hand des Zollbeamten gleiten. Schneller als das Licht verschwindet das Geld in der Tasche des Zollbeamten. Nach einem «Er-hat-bezahlt»-Signal vom «Geldeintreiber» entfernen seine Kollegen die Sperre und winken den Bus durch.

Schließlich erreichen sie das Festland von Lagos, und die Passagiere steigen einer nach dem anderen aus. Die Frau mit der kleinen Tasche tippt dem Fahrer auf die Schulter und sagt zu ihm:

«Bitte, halt an Meile zwei unter Brücke...»

Der Fahrer hält mit quietschenden Reifen an Meile zwei unter der Brücke, und die Frau erhebt sich, ihre breiten Hüften streifen mein Gesicht, als sie aussteigt. Alle blicken ihr mitleidig nach, ihre Stimme klingt ihnen noch in den Ohren: «Nur bißchen Reis für meine Klein.»

Die Frau nimmt ihr Tuch von der Hüfte, als ob sie es etwas fester wickeln wollte. Ganz ruhig läßt sie das oberste Hüfttuch zu Boden fallen, schnell lockert sie ihr zweites, und ihre breiten Hüften verwandeln sich in einen großen Sack mit poliertem thailändischen Reis, der auf den Boden fällt.

Die Frau vom Markt

Die zwei Frauen kletterten vom Jeep herunter und gingen mit resoluten Schritten zum Ufer der trüben Lagune. Verschwörerisch steckten sie die Köpfe zusammen. Der Wind verfing sich zwischen ihren Beinen, wirbelte Sand in ihre Schuhe. Die Brise tauchte unter ihre Boubous, peitschte sie auf zu großen Ballons. Die Lagune lag lang und breit da, in der blassen Farbe der Algen. Kleine Inseln streckten ihre Daumen heraus. Das Wasser gurgelte träge, schleckte am grünen Gras, und die Ochsenfrösche flirteten in der Dämmerung.

Die Holzhäuser luden die beiden Frauen ein, das heisere Lachen halbbetrunkener Männer drang heraus, wollte die Frauen anlocken: «Kommt rein, kommt rein, kommt und eßt etwas frische Fischsuppe mit uns.» Die Frauen beschleunigten ihre Schritte, beeilten sich, von den Hütten wegzukommen.

Sie erreichten den Markt am Ufer der Lagune: Jene Residenz der Frauen, wo in langen Reihen geräucherter Fisch auf hölzernen Tabletts regierte. Frauen tauschten ihre Alltagsgeschichten aus, rotznasige Kinder ärgerten sich gegenseitig. Kleinkinder spielten direkt am Wasser. Die Mütter kümmerte das nicht. Wenn die Kinder nicht ins Wasser fielen, wie sollten sie jemals schwimmen lernen?

Eine Händlerin rief die beiden Frauen zu sich, ihr langes Haar war zu einer Frisur aufgesteckt, die aussah wie eine von Lagos' Brücken, und schwankte bedenklich auf ihrem Kopf.

«Meine lieben Kundinnen, lange nicht gesehen. Wo habt ihr gesteckt?»

«Wir waren in der Stadt. Wie geht's deinen Kindern?»'

«Denen geht's gut. Nur der Hunger macht uns zu schaffen. Die Geschäfte gehen schlecht.»

«Hast du Eja Osan?»

«Nein, Orange Fish gibt's wenig zur Zeit, aber ich habe Catfish und King of the River. Ihr braucht den Orangefish doch für eine Hochzeit? King of the River ist ein guter Ersatz dafür.»

Sie hob einen großen getrockneten Fisch hoch und hielt ihn in die Abendsonne. Sonnenstrahlen fingen sich in dem gewundenen glänzenden Körper. Die Fischaugen funkelten, es war fast eine Wiederbelebung. Beide Frauen streckten eine Hand aus, um den Fisch zu halten. Sein Gewicht überraschte sie. Beinahe wäre er heruntergefallen. Eine der Frauen fing ihn schnell mit der anderen Hand ab.

«Seht ihr, ich hab's euch gesagt. Er ist sehr groß», lachte die Markfrau.

«Wieviel kostet er?»

«Eintausendfünfhundert Naira.»

«Oh, das ist zu teuer.»

Die ältere Frau zog ihre Freundin beiseite und flüsterte ihr ins Ohr: «Was meinst du? Der Fisch ist ziemlich groß. Aber mehr als sechshundert sollten wir nicht dafür ausgeben.»

«Das finde ich auch.»

Sie gingen zurück zu der Händlerin.

«Ihr Fisch ist gut, aber er ist zu teuer. Wir nehmen ihn für sechshundert.»

Die Marktfrau wurde patzig.

«Bitte gebt meinen Fisch her und streckt eure dreckigen Pfoten woanders aus. Glaubt ihr, ich hab den Fisch gestohlen? Wie kann man einen so großen Fisch, einen ganzen King of the River, auf lausige sechshundert schätzen. Ihr müßt den King nicht essen, nein. Geht und holt euch grätigen Shawa-Fisch... und gebt meinen Fisch her!»

Sie stieß einen schrillen Laut aus. Die Frauen entfernten sich schnell von ihrem Stand und ignorierten die benachbarten Händlerinnen, die an ihren Kleidern zupften.

Das Aroma von geräuchertem Fisch hing in der Luft. Eine Kolonie des Meeres, betrogen und geräuchert für eine Laune der Menschen. Schlangenfisch, Froschfisch, Katzenfisch, Wasserschnecken, Strandschnecken, Krabben, Tilapia, Könige und Königinnen des Flusses, deren Konkubinen und Höflinge lagen vor den begehrlichen Blicken der beiden Frauen.

«Auntie! Madam! Frau Kundin! Ich habe süßen Fisch, frisch gebratenen Fisch. Kommt her und seht ihn euch an. Probiert nur mal, und ihr werdet überzeugt sein.»

Die Frauen gingen durch bis zum Ende der Reihe und blieben vor einer schwangeren Marktfrau stehen.

«Haben Sie Orange Fish?»

«Ja. Ich habe noch ein bißchen was. Er ist im Moment schwer zu kriegen.»

Sie zog zwei dunkelbraune Fische unten aus dem Haufen, sie waren doppelt so groß wie die Hand eines Sumo-Ringers.

«Hier ist der Orange Fish, das Festessen für Braut und Bräutigam. Möge ihre Ehe, ihr Zusammenleben genauso köstlich sein wie der Orange Fish. Wir wissen, daß eine reife Orange köstlich ist, begehrt von Alt und Jung. Möge das junge Paar so wie der Orange Fish den Menschen Freude machen.»

«Amen. Vielen Dank. Wieviel kostet er?»

«Nur neunhundert Naira.»

«Wir sind nicht auf den Markt gekommen, um Preisspielchen zu spielen. Wir wollen deinen Fisch ja kaufen, aber er ist zu teuer. Gib ihn uns für vierhundert Naira.»

«Meine lieben Freundinnen, ich weiß, daß ihr ihn für eine Hochzeit wollt, und ich bin selbst eine frisch verheiratete Frau. Ich möchte, daß das junge Paar seinen Orange Fish genießt, aber er ist knapp heutzutage. Da könnt ihr jeden fragen. Sie werden es euch sagen. Der Orange Fish ist zu Gold geworden. Das ist der letzte, den ich noch habe. Ihr könnt ihn für siebenhundert haben.»

«Wir wissen, wie schwer man heutzutage sein Geld verdienen muß. Wir ernähren uns alle von Naira. Aber... bitte, geh mit dem Preis noch etwas runter für uns. Gib ihn uns für fünfhundert. Das ist schon hundert mehr als unser erstes Angebot. Wir können uns in der Mitte treffen.»

Die Händlerin hielt den Fisch hoch, zog die Mundwinkel herunter und zuckte mit den Schultern.

«Ich verkaufe ihn euch nur, weil ihr ihn für eine Hochzeit braucht. Bitte das Geld...»

Die Fischverkäuferin knotete das Geld gerade in ihr Hüfttuch, als ein Schrei zu vernehmen war: «Achtung! Sie kommt!» Der Schrei hörte sich an, als ob ein Bote die Ankunft eines Reiters ankündigte, damit die Menschen zur Seite gingen und eine Gasse bildeten, um nicht zertrampelt zu werden. Peitschen erschienen plötzlich überall auf dem Markplatz in den Händen der Händlerinnen. Dünne Zweige der Bäume, von denen alle Blätter entfernt worden waren. Eine Dornenhecke. Die Person, die von dem Schrei angekündigt worden war, torkelte auf wackeligen Füßen daher, ihr langes Haar war von Dreck und Unrat bedeckt. Die Haut ihrer dünnen Beine war ganz aufgesprungen vor Trockenheit, und sie hielt ihren großen nackten hervorstehenden Bauch. Eine Straußenfrau. Ihre hängenden Brüste hatten die Form von großen grünen Mangos. Nur ein rosa Höschen versuchte, ihre Vagina zu beschützen. Sie bewegte sich wie ein Lied des Chaos, eines, das nicht instrumentiert ist. Die Geigen spielen verrückt. Die Saiten der Gitarren kurz vorm Zerreißen. Der Dirigent am Ende seiner Weisheit.

Sie wankte von Stand zu Stand, ihren Vagabundenblick vollkommen auf den Fisch konzentriert. Ihre Hand hielt sie ausgestreckt, die Geste einer Bettlerin. Alle gaben ihr etwas. Einige schenkten ihr etwas Fisch, andere überhäuften sie mit Schmähungen, bedrohten sie mit der Peitsche. Die drei Frauen am Ende der Reihe sahen sie kommen.

«Wer hat bloß diese arme Frau geschwängert?»

«Ein Nachtwächter vom Markt.»

«Ein Nachtwächter? Einer, der dafür da ist, Hab und Gut der Frauen zu schützen?»

«Ja. Er hat sie vergewaltigt.»

«Er hat es gewagt, eine Verrückte vom Markt zu vergewaltigen?»

«Habt ihr das Sprichwort vergessen? Der, den wir gebeten haben, uns den Rücken zu kratzen, hat Dornen an den Händen...»

«Woher weiß man, daß er es war?»

«Die Bauern haben ihn erwischt, wie er auf ihr lag, als sie in den frühen Morgenstunden frisches Gemüse auf den Markt gebracht haben.»

Die Frau schlängelte sich bis zum Ende des Durchgangs und murmelte vor sich hin.

«Ich bin erst gestern aus England gekommen. Ich habe die Queen getroffen. Sie war sehr nett zu mir. Vielen Dank euch allen, die mir Fisch zum Essen gegeben haben. Ich habe ein Auto. Es ist zur Reparatur. Der blöde Mechaniker. Er hat gesagt, das Auto wäre heute morgen hier. Ich glaube, ich werde statt dessen einfach mein Flugzeug nehmen. Ich werde hinfliegen und ihn überraschen. Gebt mir Fisch, gebt mir etwas zu essen. Laßt eine Frau nicht hungern. Ich habe ihn umgebracht. Ich habe ihm gesagt, er soll es nicht mehr tun. Ich mochte ihn nicht. Frau, Sister, gib mir etwas Fisch.»

Sie bekam von einer Händlerin ein Stück Fisch und etwas Geld. Sie drückte die Beute fest an ihre Brust und drehte sich um in die Richtung, aus der sie gekommen war.

«Warum hast du ihr Geld gegeben?» fragte eine der Frauen.

«Das ist normal hier. Man wird ihr Essen verkaufen, wenn sie Geld hat.»

«Du sagtest, die Bauern haben sie morgens zusammen gefunden. War der Nachtwächter so sexbesessen, daß er sie die ganze Nacht gevögelt hat?»

«Du hast es doch selbst gehört? Sie hat ihn umgebracht. Er war nackt und kalt wie ein Stein an jenem Morgen... Ein schwerer blutbesudelter Stein lag zwischen ihren ineinander verschränkten Beinen.»

«Vielleicht hat ihn jemand anders umgebracht...»

«Nein, sie haben sie mit ausgebreiteten Armen gefunden, so wie jemand schläft, der eine schwere Aufgabe bewältigt hat. Sie entfernten den Mann. Sein Samen war an ihren Schenkeln getrocknet. Die Frauen deckten sie zu und riefen die Polizei. Den toten Mann transportierten sie ab, und der schlafenden Frau flößten sie ein Beruhigungsmittel ein. Dann nahm die Polizei sie mit.»

«Ist sie vor Gericht gestellt worden?»

«Nein, du kennst doch die nigerianische Polizei... Eigentlich ist sie noch immer in Untersuchungshaft.»

«Hat die Polizei sie freigelassen, ohne ihr psychiatrische Hilfe zukommen zu lassen?»

«Sie können sie nicht freigelassen haben. Sie muß geflohen sein. Gestern ist sie aufgetaucht. Sie ist bald soweit. Vielleicht konnte sie dem Ruf des Marktplatzes nicht widerstehen.»

Die drei Frauen beobachten die Schwangere, wie sie schwankte und taumelte, ihre Füße empfanden die Steine des Marktplatzes wie ein Baby, das nach der Brust seiner Mutter grapscht. Sie kannte jeden Geruch auf ihrem Weg. Die großen Fliegen nahm sie nicht wahr. Auch nicht die Würmer, die sich an verdorbenem Fisch gütlich taten. Ihr Bauch hob und senkte sich. Plötzlich rief sie aus: «Ich habe ihn umgebracht!» Ihr Fruchtwasser brach. Sie fiel auf die Knie. Der Samen eines Vergewaltigers und einer Verrückten trug Früchte. In dieser Stellung kam sie nieder, während schreiende, aufgeregte, aufgebrachte Marktfrauen sich um sie versammelten.

Jemand schlägt eine Frau

Der Verkehr staute sich über fast einen Kilometer auf beiden Seiten der Straße, gerade so, als habe sich eine größere Katastrophe ereignet. Ich begann das Spiel der Mutmaßungen, fragte mich, was möglicherweise schiefgelaufen sein konnte. Benzinverknappung konnte es mit Sicherheit nicht sein. Sämtliche Tankstellen, an denen wir vorbeigefahren waren, hatten verkauft, es hatte dort keine Schlangen gegeben. Vielleicht eine Auseinandersetzung? Ein Unfall? In Lagos entstehen Staus aus allem und jedem Grund.

Wie Bienen aus einem Bienenstock schwärmten die Leute heraus aus den Bussen, heraus aus ihren Autos. Nur die Motorradfahrer kurvten weiterhin waghalsig durch den Verkehr, schlängelten sich durch Lücken, so hauchdünn, daß kaum ein Moskito gewagt hätte, hindurchzufliegen, und ignorierten die sich hinter ihnen ergießenden Ströme der Beschimpfungen.

Andere Fahrgäste aus meinem Bus hatten begonnen, voll verdrießlicher Ungeduld hinabzuklettern, allesamt darauf aus, Ausschau zu halten, welches Spektakel auch immer für diesen Stau verantwortlich war. Einige von ihnen rannten, als gäbe es dort vorne Geschenke, die man sich nicht entgehen lassen durfte. Von meinem günstigen Platz in der vorderen Reihe aus wirkten die Leute wie eine Festgesellschaft in ihren farbenprächtigen Gewändern.

Auszusteigen und mich der Menge anzuschließen, konnte ich nicht riskieren. Ich trug fünftausend Naira in meiner Brieftasche, Geld, das ich mir für meine Miete förmlich vom Mund abgespart hatte. Und es war allgemein bekannt, daß eine ein Spektakel verfolgende Menge in Lagos Fachkräfte für Taschendiebstahl anzog wie der Zucker die Termiten. Ich preßte meine Tasche fest an mich und streckte meinen Kopf aus dem Fenster, um jemanden zu fragen, was es mit der Verzögerung auf sich habe.

«Jemand hat eine Frau geschlagen», entgegnete mir eine leicht gekrümmte Frau mittleren Alters als Antwort auf meine

Nachfragen. Mein Herz begann gegen meine Rippen zu hämmern...

«Aber warum? Was hat sie getan?»

«Sie haben gesagt, sie sei eine Diebin. Die Frau streitet das ab. Sie sagte, sie habe versucht, die Straße freizumachen, weil ihr kranker Bruder im Auto hinter ihr schnell in die Klinik mußte. Ihre Brüder hörten sie schreien, stürzten aus dem Auto und bekämpften die Angreifer energisch. Jetzt ist es ein kostenloser Kampf für Jedermann. Die Polizei ist soeben erst eingetroffen.»

Ein Mann murmelte im Vorbeigehen: «Lagos ist ein Tollhaus.»

Die Geschichte klang verrückt. Die Frau, die auf meine Fragen geantwortet hatte, war schon weitergegangen. Ich beschloß, selbst nachzusehen.

Flink nahm ich mein Geld aus meiner Tasche und schob es zur sicheren Verwahrung in meinen BH, bei den Marktfrauen von Lagos eine erprobte und verläßliche Technik für die Aufbewahrung von Geld. Meine Tante, eine Apothekerin, hatte mir einmal gesagt, daß diese Methode die Gesundheit der Frauen gefährde, weil das Quecksilber auf dem Geld Brustkrebs auslösen könne. Ich kam jedoch zu dem Schluß, daß zehn Minuten keinerlei Schaden anrichten können. Ich klappte fix den Sitz an der Bustür nach vorn, und schon war ich auf dem Gehsteig. Ich rannte auf die Menge zu und blieb ob des Anblicks, der sich meinen Augen bot, wie vom Donner gerührt stehen. Ihr geflochtenes Haar hatte die Farbe von mit Motoröl gemischtem Sand. Ihre Augen waren geschwollen. Von ihren Ohren wischte sie Blut. Und sie war beinahe völlig nackt. Ihr orangenes T-Shirt war mit heftiger Gewalt zerrissen worden, wie man einen Lappen für den schnellen Gebrauch zerreißt, wenn man es sehr eilig hat. Auch die Träger ihres Büstenhalters waren zerfetzt. Wundersamerweise waren die Körbchen noch immer an ihrem Platz auf ihren Brüsten. Ihre Shorts war aufgeschlitzt. Sie saß auf dem Gehsteig, weinte bitterliche Tränen und erzählte der um sie herum versammelten Menge die Geschichte. Sie war bestimmt nicht älter als fünfundzwanzig Jahre.

Einige Frauen zogen sie vom Gehsteig hoch und versuchten sie zu trösten. Die Polizisten boten fast übermenschliche Kräfte auf, ihre Brüder aufzuhalten, die entschlossen schienen, die Angreifer totzuschlagen. Eine der Frauen löste ihre Kopfbedeckung, band sie um die Brust des Mädchens, um es vor den begehrlichen Blicken der in den Menge versammelten Männer zu schützen. Eine andere Frau legte ihr ein Tuch um die Schultern.

«Ich habe ihnen erklärt, daß mein Bruder sehr krank ist. Ich habe sie nie zuvor gesehen. Ich habe nur versucht, den Weg freizumachen. Ein Motorradfahrer war auf einen Mercedes-Benz geprallt, und die beiden Männer brüllten sich mitten auf der Straße an, anstatt die Fahrbahn zu räumen, damit der Verkehr ungehindert fließen konnte. Ich habe ihnen gesagt, daß wir meinen Bruder schnell ins Krankenhaus bringen müssen. Ist es etwa ein Verbrechen, sie zu bitten, auch andere Leute die Straße benutzen zu lassen? Der *big man* im weißen Agbada war es, der mich zuerst geschlagen hat. Er sagte, ich solle den Mund halten. Für wen ich mich denn halten würde, als kleines Mädchen so mit ihm zu reden? Wie ich es wagen könne, von ihm zu verlangen, sein Auto zu entfernen. Seine fette Ehefrau stürmte auch aus dem Mercedes und putzte mich herunter. Sie schimpfte mich eine Hure.»

Erneut begann sie zu schluchzen, die Leute versuchten sie zu beruhigen, redeten ihr sanft zu. Sie wollten das Ende der Geschichte erfahren.

«Diese *big men* lieben es, die Gesetze in die eigenen Hände zu nehmen. Als gehöre Nigeria ihren Vätern. Sie denken, sie könnten die Armen mißhandeln, wie es ihnen beliebt.»

«Weine nicht. Deine Brüder haben ihnen eine ordentliche Abreibung verpaßt, die werden sie noch Tage spüren.»

«Die einfältigen Kerle, die haben dich nur geschlagen, weil du eine Frau bist. Sie hätten sich einen Mann ihrer Größe aussuchen sollen. Bei denen muß mal der Kopf untersucht werden.»

Die Polizisten hatten es schließlich geschafft, ihre Brüder zu bändigen. Die Frau des *big man* kauerte im Schatten eines Baumes, von einem Polizisten flankiert, der sie in Schutzhaft genommen hatte. Ihre protzige goldene Sonnenbrille lag zerbrochen auf der Teerpiste.

«Dann haben mich der *big man* und seine Frau Diebin genannt. Sie behaupteten, ich hätte die Straße für meine Bande freimachen wollen. Sie nahmen mir meine Ohrringe, meine Armbanduhr, meine Halskette weg. Sie zerrissen mein T-Shirt, trommelten mit den Fäusten auf mir herum. Seht, wie ich blute. Sie wollten mich in ihr Auto verfrachten. Ich habe weiter nach meinen Brüdern gerufen...»

Sie zitterte in einer erneuten Flut der Tränen, während der Stau begann, sich tröpfelnd aufzulösen.

Jobsuche

Sie saßen um den Kohleofen, drängten sich Wärme suchend ums Feuer. Ich war von Schlamm durchtränkt, in Dreck gehüllt, meine nassen Kleider klebten am Körper. Ich rufe sie um Hilfe. Würden sie so nett sein, mir eine Schale Wasser zu geben, damit ich den überall auf meiner Haut verteilten Schmutz abwaschen kann? Ihr Schweigen ist eine dicke Wand. Sie betrachten mein Elend mit gleichgültigen Augen, trinken weiter Tee und setzen mit hohen Stimmen ihr Gespräch fort.

Ich verlasse sie, suche in meiner Tasche nach Taschentüchern, Papiertüchern, Schreibpapier, überhaupt nach irgend etwas, das mir zur Reinigung dienen könnte. Ich blicke auf meine Armbanduhr. Sie ist stehengeblieben. Wie kann ich es bloß pünktlich zum Vorstellungsgepräch schaffen? Ich mache mich und meine Kleidung so gut als möglich mit einem zerknüllten Papiertaschentuch sauber, das ich aus meiner Tasche gerettet habe. Mit meinem lädierten Regenschirm versuche ich, mich notdürftig vor dem Regen zu schützen. Heute morgen war der Regen sehr heftig gewesen, und jetzt nieselte es in lästigen Fäden. Verstopfte Gullis und unzureichende Kanalisation hatten dazu beigetragen, daß einige Straßen in Apapa jäh vom Regen geflutet worden waren. Gerade noch ging ich bequem in mehrere Zentimenter hohem Regenwasser, und im nächsten Moment plumpste ich schon direkt in einen Gulli.

Wie konnte ich mich bei einem Bewerbungsgespräch sehen lassen, wenn ich aussah wie ein in grünem Tee getränktes Stück Brot? Ich mußte an den normalen Inhalt der Gullis von Apapa denken: Urin, Speichel, Obstschalen und eigentlich alles, was sie aufnehmen konnten. Teile davon hatten sich jetzt auf meinem Körper niedergelassen, und ich spürte den Drang, mich zu übergeben. Aber ich bekämpfte meine Übelkeit. Mein Frühstück wegzuwerfen, konnte ich mir nicht leisten. Für ein Mittagessen fehlte mir das Geld.

Sechs Monate war ich mit meinem Biologie-Diplom in der Tasche die Straßen rauf- und runtergezogen, auf der Suche nach einem Job, den mir niemand geben wollte. Dabei hatte ich mich klugerweise mit dem Zeitungsverkäufer in der Straße angefreundet.

Akpan mochte mich und räumte mir das Privileg ein, solange zu lesen, wie ich es vor seinem kleinen Tisch in der Sonne aushalten konnte. Ich wurde zum hochgeschätzten Mitglied der «Assoziation der Umsonstleser», und auf diese Weise erfuhr ich von diesem Stellenangebot als Empfangsdame. Die einzigen geforderten Qualifikationen waren ein Schulabschluß, gutes Englisch sowie gute Umgangsformen.

Die Agentur, bei der ich vorstellig geworden war, hatte mich nur gegen Vorauszahlung als Klientin akzeptieren wollen... Wo sollte ich das Geld hernehmen? Mich um einen weniger angesehenen Job zu bewerben, war immer noch besser, als mit meinem Universitätsdiplom zu hungern, beschloß ich. Das erste Vorstellungsgespräch hatte ich überstanden. Heute stand das zweite bevor, und mein Gesprächspartner sollte der Geschäftsführer des Unternehmens sein. Um einen guten Eindruck zu erwecken, hatte ich mir ein paar Klamotten von meinen Schwestern und Freundinnen ausgeliehen, und nun waren all die geliehenen Kleider, Schuhe, die Tasche durchnäßt.

Ich frage einen Passanten nach der Uhrzeit und finde heraus, daß mir noch eine Stunde bis zum Gespräch bleibt.

Ich gehe langsam weiter, verwirrt, verärgert und den Tränen nahe. Ich erblicke eine Frau, die mit Seifen- und Streichholzschachteln sowie einem großen Hocker vor ihre schäbige Behausung tritt. Auf dem Hocker stellt sie ein Tablett ab. Darauf ordnet sie ihre Stangen ätzender Sodaseife, Zündhölzer und verschiedene buntgefärbte Süßigkeiten an. Ich gehe zu ihr.

«Guten Morgen, Madam. Bitte, ich hab da ein kleines Problem... Ich habe gleich ein Bewerbungsgespräch, jetzt gleich. Gerade wollte ich hin, da bin ich in einen Gulli gefallen. Ich bitte Sie, macht es Ihnen was aus, mir zu helfen, meine Sachen zu bügeln, meine Kleider trocken zu kriegen?»

Sie mustert mich mißtrauisch, versucht, den Wahrheitsgehalt meiner Geschichte zu prüfen. Mein bedauernswerter Zustand überzeugt sie schließlich, und sie lädt mich ein in ihr Haus. Sie stellt ein Bügeleisen für mich an und reicht mir ein Tuch, das ich mir umbinde, während ich meine Kleider trocken bügele. Ich bin ihr von ganzem Herzen dankbar. Ich stelle das Bügeleisen auf maximale Hitze, versenge damit beinahe meine Kleider. Ich bügele in Windeseile, trockne sie soweit als möglich, höre, wie im Zimmer der Frau auf der Uhr die Minuten davonticken. Hastig kleide ich mich an, eile hinaus und halte kurz inne, um mich bei der Frau zu bedanken.

«Madam, danke, Sie haben mich heut gerettet, vielen Dank.»

«Danken wir Gott, Sister. Mach's gut.»

Begleitet von ihren guten Wünschen bewege ich mich fast im Laufschritt zu den eindrucksvollen Büros von Frank and Co. Nigeria Limited und treffe auf die Minute pünktlich dort ein. Ein Bürogehilfe führt mich ins Büro der Chefsekretärin, die mich anlächelt: «Sie sind ja sehr pünktlich.»

Ich lächele schwach zurück und sage zu mir: «Wenn du wüßtest, was für einen Morgen ich gerade hinter mir habe.» Es ist eine Klingel zu hören, und die Sekretärin erklärt: «Sie können jetzt hineingehen.» Ich versuche krampfhaft, mich zu entspannen und nicht zu zittern unter der Kälte der Klimaanlage und öffne die Tür. Vor mir erhebt sich der Geschäftsführer hinter seinem kunstvoll gearbeiteten Schreibtisch aus Pinienholz. Mein Gruß bleibt ohne Erwiderung. Er winkt mich zu einem Stuhl und fingert an meinen Bewerbungsunterlagen herum. «Würden Sie in einem Bikini an den Strand gehen?» fragt er gebieterisch. Diese Frage verblüfft mich vollkommen. Was hatte die Arbeit als Empfangsdame mit einem Bikini am Strand zu tun? Völlig aus dem Konzept geraten beginne ich zu stammeln: «Ich, nein, ich bin mir nicht sicher...»

«Warum haben Sie nicht den gesamten Raum genutzt, der Ihnen im Bewerbungsbogen zur Verfügung stand? Sie haben so wenig geschrieben. Sind Sie gewissenhaft? Wie kommen Sie darauf, ohne Supervision arbeiten zu können?»

Fragen wie Kung-Fu-Schläge, ich werde immer kleiner in meinem Stuhl, mein Selbstvertrauen schwindet. Ich fühle mich wie aus der Tube gequetschte Zahnpasta... ich stammele meine Antworten.

Schließlich sagt er: «Sie können jetzt gehen, möglicherweise kommen wir auf Sie zurück.» Ich bin wieder auf den Beinen und torkele aus seinem Büro wie ein Betrunkener. Vor den Treppen von Frank & Co, auf dem Weg zur Bushaltestelle wandele ich verzweifelt und wie betäubt umher.

An der Haltestelle ist um diese Zeit viel los, Gott und die Welt scheint unterwegs zu sein, die Sonne brennt heiß... Kinder jagten den Bussen mit alten Gala-Wurstpasteten nach, andere streckten jedem Nylonpäckchen mit klarem Wasser vor die Nase. Der Mittag ertönte in der Melodie der Händler, die ihre Waren feilboten.

«Er ist kalt, er ist so kalt, daß es an den Zähnen schmerzt. Trinkt kalten Tee und stillt euren Durst.»

«Kauft Brot, Brot und Butter, kauft Brot.»

«Laßt eure Schuhe reparieren, der Schuhmacher ist da, laßt eure Schuhe reparieren.»

«Gerösteter Mais, gerösteter Mais, kommt und kauft.»

Und die Busschaffner riefen die verschiedenen Strecken aus: «Aguda, Surulere, Aguda, Surulere.»

«Ikeja, Maryland, Ikeja, Maryland.»

Der Duft gebratener Süßkartoffeln und Kochbananen startet einen Angriff auf meine Nasenlöcher, doch ich weiß, zu Hause erwarten mich nur Gari und Zucker zum Mittagessen. Ermüdet bedecke ich die Augen vor dem blendenden Sonnenschein und sehe einen glänzenden Toyota Corolla herangleiten, der vor mir anhält. Verärgert betrachte ich den Wagen und frage mich, warum der Fahrer mir den Zugang zu den Bussen versperrt. Er lächelt mich an. Er drückt einen Knopf, und das Autofenster gleitet herunter. Sein Lächeln wird breiter.

«Wohin willst du?» sagt er, «ich würde dich gerne mitnehmen.»

Er betrachtet mich mit besorgter Miene, als würde er es ernstmeinen. Er wirkt wie die Nahaufnahme eines Mustervaters in einer Kodak-Werbung. Einer, der den Geburtstag seiner Frau nicht vergißt, ihre Geburtstagskarte selbst besorgt und immer für seine Kinder zur Stelle ist, am Tag der Einschulung, beim ersten Zahnarztbesuch, bei den Schulabschlußfeiern. Er dürfte um die fünfzig sein.

«Nach Aguda.»

«Das liegt auf meinem Weg, steig ein.»

Ich schiebe Gedanken an von fremden Männern getötete oder vergewaltigte Frauen beiseite, nähere mich dem Auto, ignoriere die unheilvollen Blicke der sonnenbeschienenen Menge, die schmunzelnd beobachtet, wie er mir die Fahrzeugtür öffnet. Ich steige in den klimatisierten Innenraum und schnalle mich an.

Er beobachtet mich aus den Augenwinkeln und erklärt:

«Eine schöne, junge Frau wie du sollte nicht in der Sonne warten. Du solltest ein eigenes Auto haben.»

«Tja, offensichtlich habe ich aber keines.»

«Hast du denn keinen Freund? Der sollte dir eins schenken.»

Ich versuchte, die Unterhaltung aus den gefährlichen Fahrwassern wegzulenken, auf die sie zusteuerte, und fragte:

«Was machen Sie, wenn Sie nicht gerade Frauen in einer Notlage mitnehmen, was tun Sie sonst für ihr Auskommen?»

«Ich bin Bauingenieur. Früher habe ich für Delta Oil gearbeitet. Doch sie haben mich bei einer Beförderung, die ich glaubte, verdient zu haben, und die sie mir in Aussicht gestellt hatten, übergangen. Da habe ich gekündigt und meinen eigenen Laden aufgemacht. Heute bin ich unterstützend für die Ölindustrie tätig.»

«Welche Art von Unterstützung?»

«Sicherheits- und Instandhaltungschecks ihrer Gebäude und Anlagen. Nun, da Sie jetzt wissen, was ich tue, haben Sie Lust, mit mir zu Mittag zu essen?»

Er legt seine Hand besitzergreifend auf meinen Schoß. Ich schiebe sie unwillig weg.

«Nein, vielen Dank. Ich habe gleich noch eine Verabredung.»

Mein Magen knurrte, doch sagten mir die Sprache seiner Hände und seine Stimme, daß er mir die «Gratis»-Mahlzeit in Rechnung stellen würde. Und diesen Preis zu zahlen, spürte ich kein Verlangen. Ich wollte nicht als Gespielin für die Mittagspause eines Ölbonzen dienen. Mein Gesicht verschließt sich. Wieder legt er seine Hand auf meinen Schoß und streichelt mich sanft. Entschlossen ergreife ich seine Hand, klatschte sie ihm zurück auf den Schenkel und sage: «Bleiben Sie mit ihren Gedanken auf der Straße und mit Ihren Händen am Steuer.»

Er blickt mich streng an.

«Wenn du sowieso nicht mitspielen wolltest, weshalb bist du dann in mein Auto gestiegen? Ich hab dich nicht gezwungen. Es war deine Entscheidung.»

Ich hielt den Mund, mir war klar, daß ich mich tatsächlich dumm verhalten hatte. Beklommenes Schweigen machte sich im Auto breit. Zwei Augenpaare starrten geradeaus auf die Straße. Er bremste an einer Bushaltestelle auf halbem Weg nach Aguda und herrschte mich an: «Steig aus.» Ich fummelte am Gurt, löste ihn schließlich mit zitternden Fingern. Hastig öffne ich die Tür und steige aus. Er lehnt sich vor, um die Autotür zuzuziehen. Er wirft mir einen letzten verächtlichen Blick zu, rast davon, durch die Pfützen, bespritzt mich und meine den Gulli hinabgehenden Vorstellungen von lieben Kodak-Vätern.

Züngelnde Flammen

Wie kam es, daß ich auf dieser dürren roten Erde zur Welt gekommen bin, auf diesem mit Maiskörnern übersäten Boden? Daß ich die Erde gerochen habe? Diesen scharfen, beißenden Geruch wahrgenommen habe?
Das sind Fragen, die ich mir gerne selbst stelle auf meiner Suche nach Antworten. Die unterschiedlichen Versionen, die verschiedenen Nachforschungen über die Wahrheit helfen mir, meinen Verstand zu erweitern und zu trainieren. Nicht der Weg, den man zum Markt nimmt, ist entscheidend. Was zählt, ist das Ankommen. Du kannst meine Mutter fragen. Jeden Freitag nimmt sie den südlichen Weg zum Markt, wegen der «Ajo». Meine Mutter ist die «Ajo»-Kassiererin des Marktes, der Genossenschaftsbank von zehn Marktfrauen.

Bewaffnet mit ihrem kleinen blauen Notizbuch und einem roten Kugelschreiber startete sie jeden Freitag ihren Rundgang bei Mama Risi, die heiße Puff-Puff-Donuts an die Schulkinder verkaufte, ging von da weiter von einer Frau zur anderen, von einem Stand zum nächsten, und kassierte die wöchentlichen hundert Naira, die die Frauen in ihre Kooperative einzahlten.

Am Ende des Monats übergab sie die angesammelten Spargroschen von zehn Frauen derjenigen, die an der Reihe war, das Geld an sich zu nehmen. Meine Mutter berechnete fünf Prozent der Gesamtsumme für ihre Dienste, monatlich zahlbar von der Nutznießerin. Auf diese Weise kamen die Marktfrauen zu etwas Kapital, mit dem sie ihr Warenlager aufstocken, das Schulgeld für ihre Kinder bezahlen und anderen Verpflichtungen, die in ihren Familien entstanden, nachkommen konnten.

An anderen Tagen nahm sie die Ostroute, vorbei an Baba Sojis Laden, der Nägel und Metallschlösser sowie Kanister mit billiger Farbe verkaufte, die nach drei heftigen Regenfällen und fünf längeren Sonnenperioden wieder von den Wänden blätterte. Aber wenn sie auf dem Weg zum Markt mit ihrem linken Fuß an einen Stein stieß, nahm sie lieber den Weg von Norden, um alles Unglück abzuschütteln, und murmelte dabei in sich hinein: «Ich bin kein Futter für die Straße, ich gehe nicht an einem Tag, an dem die Straße hungrig ist. Ich weise jedes Unglück zurück. Glück, Glück lauf mir heute über den Weg. Komm hervor.»

Man sieht also, meine Mutter erreichte immer ihren Marktstand, einen kleinen Holzverschlag, der aus übriggebliebenen Bauholzbrettern und rostigen Nägeln zusammengezimmert und dessen Wellblechdach an mehreren Stellen undicht war. Ich mochte den Regen. Ich wollte dann immer rauskrabbeln und mich im Matsch wälzen. Aber meine Mutter hob mich immer schnell wieder auf und band mich geschwind auf ihren Rücken, in ihr nach Gewürzen und Schweiß riechendes Tuch. Ich wartete sehnsüchtig auf den Tag, an dem ich alt genug sein würde und vor ihr in den Regen ausbüchsen konnte.

Drei Tage vor meiner Geburt hat mein Vater mit meiner Mutter geschlafen. Ich glaube, daß ich so plötzlich auf die Welt gekommen bin, hat etwas damit zu tun. Ich hatte mitbekommen, wie Mama Toke, die Tante meiner Mutter, ihr eindringlich geraten hatte, zwei Monate vor dem errechneten Geburtstermin auf Sex zu verzichten. Aber es war nicht die Schuld meines Vaters, daß sie miteinander schliefen. Meine Mutter verführte ihn mit ihrer neuen Suku-Frisur und ihren großen betörenden Augen. Er versuchte sogar zu widerstehen. Ich erinnere mich, daß er zu ihr sagte: «Aber du hast mir erzählt, daß Mama Toke gesagt hat, wir sollen nicht... es kann eine Frühgeburt auslösen...» Meine Mutter lachte nur: «Ach, das ist nur eine von diesen Alte-Weiber-Geschichten... komm, komm schon, mein Mann...» Und ich muß zugeben, er war sehr sanft. Ich wurde überhaupt nicht geschüttelt. Es gab keinen Tumult in meinem warmen Gebärmutternest. Vielleicht hat das nichts zu bedeuten für meine Geburt, aber ich habe mich immer gefragt...

Folgt man der Version meiner Mutter, dann war die Ölkrise daran schuld, daß sie in aller Öffentlichkeit niederkommen mußte, wie eine Geiß. Wegen der Panik, die durch die züngelnden Flammen entstanden war. Es war wirklich ein schrecklicher Tag gewesen. Lagos erstickte fast in der Schlinge der drohenden neuerlichen Ölkrise. An den Tankstellen bildeten sich kilometerlange Schlangen. Die Fahrer saßen in ihren heißen Autos, müde, hungrig und verärgert. Gewalt lag in der Luft, Gewalt, die kaum noch zu kontrollieren war, wie eine Giftschlange, die auf der Lauer liegt, in der Absicht, ihr Opfer zu Tode zu bringen. Hin und wieder entlud sich die Spannung in Streitereien. Todmüde Männer, die an den Tankstellen übernachtet hatten, und deren Frauen ließen ihre Frustration aneinander aus, droschen aufeinander ein wie Teppichklopfer, die den Staub aus den Teppichen schlagen.

Straßenhändler kampierten in der Nähe, machten schnelle Geschäfte mit dem Verkauf von sandigem purem Wasser, viel zu süßen Keksen, gerösteten Erdnüssen, Weißbrot und Flaschen mit nicht besonders kalter Coca-Cola, Fanta, Limca und Brest Bitter Lemon. Die Soldaten stolzierten in ihren Knobelbechern herum, die Gewehre lässig und gefährlich in der Hand. Ihre nonchalante Aggression machte alle nervös – ein Schuß hätte sich jederzeit aus Versehen lösen können. Sie waren wie Alkoholiker, die auf Heroin gesetzt waren. Es konnte alles mögliche passieren. Manchmal erschreckten sie die gestreßten Fahrer mit Peitschenknallen und einem Schuß aus ihren Gewehren. Außerdem kauften sie ganz offen soviel Benzin auf, wie sie wollten, in großen schwarzen Fünfzig-Liter-Benzinkanistern, während die Männer, die bereits tagelang anstanden, in der Sonne schmorten.

An einem solchen Tag wurde ich geboren. Mutter hatte das Haus morgens um sieben verlassen, um rechtzeitig um neun Uhr ihren Untersuchungstermin beim Frauenarzt wahrzunehmen. Eine Stunde saß sie an der Bushaltestelle, eine schwangere Frau im achten Monat. Alle Busse, die vorbeifuhren, platzten aus allen Nähten. Die Menschen waren zusammengepfercht, wie in einer Büchse Oliven überall saß oder stand jemand, jede kleinste Lücke war ausgefüllt. Schließlich kam ein halbleerer Bus, es wurde ausgerufen: «Ojuelgba! Ojuelgba! Ojuelgba! Steig ein, steig ein mit einem Fünfzig-Naira-

Schein!» Das war eine zweihundertprozentige Fahrpreiserhöhung. Innerhalb einer Woche. Mutter bat den Schaffner, dreißig Naira zu akzeptieren. Er lehnte ab. Ein junger Mann im Bus forderte sie auf einzusteigen, er sagte, er würde die Differenz bezahlen. Meine Mutter willigte ein und fand einen Platz. Der Bus setzte sich in Bewegung.

Nach wenigen Kilometern fing der Motor an zu stottern, und der Bus kam zum Stehen. Er hatte kein Benzin mehr. Ein Sturm der Entrüstung gegen den Fahrer und seinen Schaffner erhob sich unter den Passagieren. Der Schaffner stieg aus, holte einen Zwanzig-Liter-Kanister Benzin aus dem Kofferraum des Busses, konnte aber keinen Trichter zum Einfüllen finden. Die Passagiere forderten lautstark: «Gib mir mein restliches Geld zurück! Du taube Nuß! Du nutzlose Gestalt von einem Fahrer, Betrüger! Einfach die Fahrpreise zu erhöhen, vollkommen ungerechtfertigt! Diebe! Räuber! Blöde Typen, gebt uns sofort unser Geld, sonst könnt ihr was erleben!» Der Schaffner ignorierte sie, konzentrierte sich auf eine Plastikflasche, die er von der Straße aufhob und deren obere Hälfte er abschnitt, um sie als Trichter zu benutzen. Dankbar, noch nicht bei lebendigem Leibe geröstet worden zu sein, sah Mutter, daß es nicht mehr weit war bis zur Klinik, und ging die restliche Strecke zu Fuß...

Der Doktor untersuchte sie und meinte: «Diese ganze Aufregung wird Ihr Baby wahrscheinlich ein paar Tage früher kommen lassen...» Eine seiner Patientinnen, die den gleichen Weg wie Mutter hatte, nahm sie mit zum Markt. An diesem Tag schloß sie ihren Stand bei Einbruch der Dunkelheit und kam nach Hause, um das Abendessen zu kochen. Sie ging in unsere Küche, die außerhalb des Hauses liegt, und goß – wie sie glaubte – Kerosin in den Herd. Sie legte den Ring darauf und zog den Docht heraus. Dann zündete sie ein Streichholz an, ließ es in die Öffnung fallen und drehte sich zur Spüle um. Der Ofen explodierte, es gab eine Stichflamme, die beinahe meine Mutter getroffen hätte. Nur ein Wunder beschützte sie und die Tatsache, daß ich geboren werden sollte.

Mutter rannte in den Hof und schrie: «Hiiiiilfe! Hiiiilfeee! Feuer! Feuer! Feuer!» Die Nachbarn schleppten verzweifelt Eimer mit Wasser und Sand heran, um die grausamen Flammen zu ersticken. Niemand in der Nachbarschaft besaß ein Telefon, und die öffentlichen Telefonzellen in der Nähe waren alle tot. Die Feuerwehr konnte nicht gerufen werden.

Während die Flammen unsere Küche verschlangen, brach das Fruchtwasser meiner Mutter. Ich war ungeduldig. Ich wollte nicht mehr länger im primordialen See der Gebärmutter warten. Ich wollte eine Rolle in diesem Stück. Warum sollte ich mich nicht den Nachbarn anschließen und die Flammen in der Küche meiner Mutter bekämpfen. Ich bewegte meinen Kopf auf ihre Hüften zu. Ich schob mein Kinn nach vorne. Ich drückte meine energischen Schultern gegen das Zellgewebe ihres Körpers und faxte dem Gehirn meiner Mutter eine Nachricht im Telegrammstil: «Pressen! Aufmachen!»

Die Wehen gingen los. Mutter brach in den Armen einer Nachbarin zusammen, klammerte sich an ihr fest und schrie den Namen meines Vaters. Hinter uns wütete das Feuer. Mich würde niemand aufhalten. Ich muß die Küche retten. Ich reite auf den Wellen mächtiger Wehen und schiebe mich durch die Vagina meiner Mutter, zerreiße sie. Ich falle, plopp, heraus mit blutigem Igittigitt in die Arme von Nachbarn auf der sonnenverbrannten Erde, umgeben von einer gaffenden Menge Sich-nie-um-ihre-eigenen-Angelegenheiten-kümmernder-Lagos-Bewohner. Ich öffnete den Mund und brüllte die züngelnden Flammen an, die sich die Lippen nach den Überresten der Küche meiner Mutter leckten.

Das weinende Kind lacht wieder

Das Echo des Hammers auf den Nägeln gibt Rita ein gutes Gefühl. Sie wirkt auf etwas ein. Sie findet Widerhall. Der Hammer liegt bequem in ihrer Hand. Sie führt ihn, wohin es ihr beliebt. Das hier ist ihre Show, sie ist diejenige, die handelt. Sie lehnt sich zurück und mustert den glänzenden Nagel, der nun die Wand durchbohrt. Er soll bloß halten, sonst wird sie ihn ersetzen. Sie hat noch viele andere Nägel auf Lager.

Rita hebt das große Gemälde an und drückt es sanft den Nägeln in die Arme. Die Nägel ergreifen das Gemälde. Sie läßt einen Blick über die Arbeit ihrer Hände schweifen und findet sie gut. Die rotbraunen Brokatvorhänge, die bunte Strohmatte, der Terazzofußboden, die Trockenblumen im violetten Krug, ihr braunes Vierersitz-Sofa. Das weinende Kind lacht wieder.

Der Künstler hatte etwas verdutzt dreingeschaut, als sie das Gemälde in Auftrag gab. «Machen Sie mir ein weinendes Kind», sprach sie, «und lassen Sie es wieder lachen.» Der Künstler fragte: «Welches Gefühl soll der Arbeit vor allem den Impuls geben?»

«Schwermut und Fröhlichkeit», erwiderte sie. Er sah sie aufmerksam an, versuchte, zwischen ihren Worten ihr Herz zu ergründen, begegnete jedoch nur einem stieren, unverbindlichen Blick. Durchdringende Augen in einem gelassenen Gesicht. Ihre Augen sagten: «Es ist mein Geld. Es ist meine Sache.» Er zuckte mit den Schultern und sagte: «Ich werde Sie anrufen, wenn es fertig ist.»

Jetzt hing das Gemälde an ihrer Wand, die so braun war wie frisch umgegrabene Erde. Das weinende Kind lacht wieder. Das Gemälde erzählte von Donner, Blut und Gelächter. Es zeigte eine Andeutung von Sandstrand. Schwalben flogen über aufgewühlte See. Rot und Violett, die Verzerrungen von Gelb, Blau und reinem Weiß warfen das Gesicht eines Mädchens auf, das auf das Meer hinausstarrt. Ihre Tränen trocknen gerade auf dem Gesicht, vielleicht werden sie auch gleich fließen. Vielleicht beschwört sie ihre Wasservorräte, einer Hausfrau in

Lagos gleich, die in der Küche an Wasserhähnen herumdreht und verzweifelt hofft, daß sie nicht ihre Wohnung im zweiten Stock verlassen muß, um von unten Wasser im Eimer zu holen.

Die Augen des Kindes sind auf ein fast unsichtbares Kanu auf der wilden See gerichtet. Da ist jemand, den man im Wasser nicht sehen kann. Die Mutter des Kindes auf ihrem Heimweg von einem Marktbesuch über das Meer. Ihre Augen sind übervoll der Hoffnung. «Meine Mutter ist eine gute Schwimmerin», denkt sie, «sie hat das lecke Kanu aufgegeben. Sie ist dort im Wasser und schwimmt auf mich zu.» Fast legt sich schon ein Lachen auf ihre Lippen. «Mutter schwimmt wie ein Fisch. Der Fisch kann sie nicht fressen.»

Rita liebt dieses Gemälde. Es ist das Glanzstück ihrer Wohnzimmereinrichtung. Das Gemälde spricht zu ihr: «Sieh nur, wie weit du schon gereist bist. Sieh den Donner, der dich nicht töten konnte. Du bist eine wirkliche Überlebende...»

Rita erinnert sich, wie sie im Alter von acht Jahren um fünf Uhr nachmittags die Schulkapelle betrat. Auf den Knien betete sie zu Gott, das Leben ihrer Mutter zu verschonen.

Ihre Mutter hatte ihren Vater schon bald nach der Mittelschule geheiratet. In jener Zeit galt jedes Mädchen mit einem Abschlußzeugnis der Mittelschule als sehr gebildet. Ihr Vater war der Schwarm der Dorfmädchen. Er besaß ein Fahrrad der Marke Hanson, mit dem er mächtig auf die Tube drücken konnte, während sein Hemd im Winde flatterte. Er hatte um ihre Hand angehalten, weil er sich eine gebildete Frau wünschte, die aber auch wußte, wo ihr Platz war, und ihm nicht widersprach. Ihre Großmutter warnte:

«Überlege es dir ganz genau, junge Dame. Verschwende dich nicht. Es ist zwar nichts über Geisteskrankheiten in ihrer Familie bekannt, aber sie sind jähzornig. Sein Vater ist ein Frauenschläger.»

Ihre liebestrunkene Mutter erwiderte: «Großmutter, Jide hat mir von einem Traum erzählt. Er jagte eine Horde Frauen, mit einem langen, dünnen Rohrstock. Du weißt schon, so einer, den man Pankere nennt, den die Eltern für ihre ungezogenen Kinder verwenden. Er lief den Frauen nach und gab jeder Frau, die er erwischte, mit der Pankere einen Hieb. Unter den fliehenden Frauen war auch ich. An einer Ecke, wo der Weg abbog, sich in der Ferne verlor, sei ich stehengeblieben. Meine Freundinnen hätten gerufen: ‹Mosun, lauf, lauf, er wird dich schlagen.› Ich habe gesagt, nein, das wird er nicht. Und dann habe er gemerkt, wie er von einer Macht ergriffen wurde, die er nicht beherrschen konnte und die sich auf mich zubewegte, wie ein Magnet zu Metall. Ehrerbietig überreichte er mir den Rohrstock wie einen Strauß Blumen. Ich nahm ihn freundlich entgegen und schlang meine Hände in seine. Dann gingen wir zusammen davon.»

Ihre Großmutter sprach: «Vergiß nicht die Sprichworte unseres Volkes. Die Peitsche, die für die erste Frau benutzt wurde, wartet schon in den Dachbalken auf die zweite Frau. Eine Peitsche bleibt eine Peitsche. Daraus kann nie ein Strauß Blumen werden. Wann soll sie Wurzeln gefaßt haben, wann gesprossen sein? Wann sollen die Knospen der Ahnen aufgegangen sein? Sei lieber vorsichtig.»

In den Jahren, die nun folgten, sagte ihre Mutter oft zu Rita: «Ich wünschte, ich hätte auf meine Großmutter gehört. Ein Mädchen kann soviele Kleider besitzen wie eine alte Frau, aber nie soviele Lumpen.» Ritas Vater benutzte ihre Mutter zur regelmäßigen Körperertüchtigung. Es gefiel ihm, sie zu verprügeln. Rita erinnert sich an jene Nacht, als sie sechs Jahre alt war. Sie hatte lauthals geschrien und die ganze Nachbarschaft aufgeweckt, weil sie gedacht hatte, dies sei ihrer Mutter letzte Nacht auf Erden. Ihr Vater hatte der Mutter mit den Pfennigabsätzen ihrer hochhackigen Schuhe auf den Kopf geschlagen. Blut spritzte umher. Ihre Mutter fiel in Ohnmacht, und Rita fing an zu schreien. Die Nachbarn schreckten aus dem Schlaf, eilten herbei und brachten ihre Mutter ins Krankenhaus. Auntie Sola von nebenan nahm Rita zu sich, gab ihr eine halbe Tablette Paracetamol, beruhigte sie und sagte ihr, die Mutter würde bald wieder okay sein. Dann brachte sie Rita ins Bett.

Am Tag darauf, als man sie zu Besuch ins Krankenhaus brachte, flüsterte sie ihrer Mutter zu: «Mammie, wenn du wieder gesund bist, laß uns weggehen von Daddy, zu Großmutter und Großvater.» Ihre Mutter lächelte nur und drückte sie an sich. Aber als es ihr wieder besser ging, verließ sie Ritas Vater nicht. Sie blieb an ihm haften, die Frau wie UHU, und holte sich Prügel um Prügel, abgebrochene Zähne und geschwollene Augen. Manchmal weinte Rita mit ihrer Mutter. Später weinte sie nicht mehr und fragte sie nur: «Wie kannst du das alles nur aushalten? Eines Tages wird er dich umbringen...» Ihre Mutter kratzte sich an der kahlen Stelle ihres Kopfes, wo die Haare nie wieder wachsen würden, und entgegnete: «Aber ich kann dich und deine Geschwister nicht verlassen. Er würde euch nicht mit mir gehen lassen. Euretwegen muß ich bleiben. Ich kann meine Kinder nicht zurücklassen.»

Manchmal wehrte sich ihre Mutter. Mit Worten. Manchmal geigte sie Ritas Vater gehörig die Meinung, Stück für Stück spie sie Flüche und Familiengeheimnisse aus.

«Du Nichtsnutz, du hast mich vor meinen Kindern geschlagen, wegen des Gasherdes, den ich von meinem eigenen Geld angeschafft habe. Du hast mich in all den Jahren, die ich für dich geschuftet habe, immer wieder geprügelt. Du trittst mich wie einen Fußball. Seit zwei Jahren, seit der Geburt unseres Jüngsten, hast du nicht mehr mit mir geschlafen. Du sollst nie Erfolg haben, du sollst hinfallen und nie wieder aufstehen, sollen sich deine Feinde gegen dich behaupten...»

Rita versuchte dann, die Flüche zum Schweigen zu bringen und den väterlichen Zorn einzudämmen, indem sie ihrer Mutter mit ihrer kindlichen Mädchenhand den Mund zuhielt.

Heutzutage hat Rita einen Blick für Frauen wie ihre Mutter, selbst wenn sie einen Deckmantel aus Make-up und Designer-Parfum tragen. Aufgebrochen wie Sardinenbüchsen, ihre müden Augen, ein ausgelöschter Docht, der noch qualmt. Große, dürre Pinien, von einem kräftigen Wind zerzaust, doch nicht zerstört. Ein stählerner Innenraum, der als Mittel der Verzweiflung genutzt werden kann.

Als Rita Anfang zwanzig war, erwarb ihre Mutter mit einem staatlichen Darlehen ein Haus, eine Zuflucht für den Tag, an dem ihr der Vater die Koffer endgültig vor die Tür stellen würde. Der Onkel ihrer Mutter bürgte und half ihr, die notwendigen Papiere zusammenzustellen. Sie sorgten dafür, daß ihr Vater nichts davon erfuhr, bis alle Hypothekenbriefe unterzeichnet waren. Als er schließlich davon hörte, gratulierte er mit geziertem Lächeln und zuckte zusammen. Er blickte verdutzt drein. Woher hatte sie den Mut genommen? Er entschlüsselte die Botschaft genauso, wie sie gemeint war: Ich habe keine Angst mehr. «Ich habe ein Dach und ein Heim, behaglich genug, mich selbst zu beschützen.»

Ihr Vater begann, grübelnd um das Haus zu ziehen. Ihre Mutter erblühte und straffte ihre Schultern, Kopf hoch, die Brust leicht nach vorne. Der Gang der Freiheit, wenn die Ketten zerbrochen sind. Ihr Vater entschwand murmelnd und wankend in die Jahre des Alters.

Der schwere Regen von Lagos hat kürzlich Löcher in das Dach des väterlichen Hauses geschlagen. Es war durchlässig wie eine Jutetasche. Die Familie zog in das Haus ihrer Mutter um, während das Dach des Vaters wieder gerichtet wurde. Nach der Renovierung kehrte Rita nicht zu ihrer Familie zurück. Sie entschied sich dafür, in dem Haus ihrer Mutter zu leben. Ein heiterer kleiner Bungalow, in dem ihre Bilder Raum zum Atmen haben.

Seht, wie Rita auf ihrem Sofa ruht. In der Hand hält sie eine Dose Diät-Cola. Sie lächelt und betrachtet *Das weinende Kind lacht wieder*. Sie weiß, ihre Mutter schwimmt unter den Wogen. Sie kommt heim zu ihr. Der Fisch wird sie nicht fressen. Gleich klopft sie an die Haustür.

Der Trumpf

In der Pfanne scheint Öl zu brutzeln. Die Zwiebeln nehmen das Öl auf, die kleingeschnittene Paprika wird hinzugegeben. Der Wind trägt einen angenehmen Duft herüber. Man kann hören, wie ihre Tochter hinter dem Raumteiler aus Holz die Soße in der Pfanne umrührt. Man kann sehen, wie sie kocht, wie sie die Bohnen hineingibt, nachdem die Soße ein bißchen geköchelt hat. Sie zerbröselt den Brühwürfel, fügt Salz hinzu, fein wie Puder, die Suppe blubbert auf dem Feuer.

Man sieht, wie sie etwas heiße Soße auf ihre nackten Handflächen gibt. Und sie schnell ableckt, um sie abzuschmecken. Das Bild der Tochter, die kocht, ist scharf und deutlich dank des mitteilsamen Windes. Der Wind erzählt, he, gerade hat sie die Bohnen hineingegeben. Du brauchst gar nicht zu schnuppern. Es wird wie ein Geschenk in deine Nasenlöcher getragen.

Vor dem Laden picken eine Henne und ihre Küken nach Würmern. Der Wind rüttelt an ihren Schwanzfedern, plötzlich stößt ein Habicht herab, bereit, sich ein Küken zu schnappen, die Henne gackert los goock, gaackk, goock. Die Kinder werden in ihrem Spiel unterbrochen. Sie heben Steine auf und rufen munter Dieb, Dieb, Dieb: Sie zielen auf den flüchtenden Habicht. Ein kleines Kind klatscht in seine schmutzigen Hände, es will gerade seinen Matschkuchen in den Mund stecken, seine Mutter nimmt es hoch und wischt ihm die laufende Nase ab.

Sie hat sich die ganze Zeit nicht gerührt. Sie sitzt reglos in ihrem Schaukelstuhl. Es gibt nicht viel, was sie tun kann, innerhalb der engen Grenzen ihrer grauen Kleider. Sie trägt keinen Schmuck. Ihr Gesicht ist hager wie eine verlassene Heimstatt, die zerfällt. Eine Frau schiebt den Glasperlenvorhang beiseite und betritt den Laden: «Guten Tag, ich hätte gerne eine Kurpackung auf mein Haar.»

«Nehmen Sie bitte Platz. Yinka, komm und stell den Heißwasserboiler an.»

Mühsam kommt sie auf die Beine. Sie geht hinüber zu einem kleinen Behälter mit Kämmen und nimmt einen mit groben

Zinken heraus. Sie beginnt, die Haare der Frau zu kämmen, mechanisch, resolut, dabei unternimmt sie eine Flugreise im Jet ihrer Träume:

«Wenn ich einmal sterbe, dann sieh zu, daß du deinen Verstand beisammen hältst. Sei auf der Hut.Weine nicht mit beiden Augen. Ein Auge muß scharf und zielgerichtet bleiben. Laß ein Auge feucht vor Tränen sein, aber wirf das trockene Auge auf den Fernsehapparat und die Möbel und das Auto und die Eintragungen im Grundbuch. Falls jemand aus meiner Familie Sachen aus dem Haus holen will, erkläre ihm: Laßt das hier für die Kinder, mein Mann hat es für sie gekauft.» Er hatte gelacht und dabei so getan, als spräche er mit tränenerstickter Stimme.

«Hör auf, über den Tod zu scherzen, du wirst leben und noch die Kinder deiner Kinder kennenlernen», hatte sie erwidert. Sie zog am Haar der Lady. Der Aufschrei der Frau brachte sie zurück in die Gegenwart. «Tut mir leid, Madam, tut mir wirklich leid. Yinka, gieß etwas Wasser in die Dampfhaube und steck den Stecker in die Steckdose.»

Sie entwirrt sanft alle Knoten im Haar der Frau und legt ein Handtuch um ihre Schulter. Die Frau erhebt sich von ihrem Stuhl und geht durch den Raum zu einem thronartigen Stuhl, der auf einer etwas erhöhten Plattform steht. Der Schreiner, der ihn gemacht hat, hat in einem Anflug von Inspiration das Wort «Prinzessin» in den Rücken des Stuhls eingraviert. Jede Frau, die darauf sitzen würde, sollte sich besonders verwöhnt fühlen wie eine wirkliche Prinzessin. Allein dadurch, daß sie auf seinem Stuhl saß.

Sie schöpfte warmes Wasser aus einer Schüssel und goß es über das Haar der Frau. Sie fing an zu waschen. Sie vermißte ihn am meisten, wenn sie nasses Haar mit Shampoo wusch. Es fühlte sich an wie seine Hände auf ihrem Körper, weich und sanft, Hände, die sich genau dahin bewegten, wo sie es wollte. Was blieb einer Frau, die zwei- oder dreimal die Woche an guten Sex gewöhnt war, wenn sie plötzlich Witwe geworden war?

Sie möchte den Wahnwitz des Vergessens aufrühren, sie spült das Haar der Frau aus und rubbelt es grob mit dem Handtuch trocken. Die Frau steht auf, geht zurück zu dem anderen Stuhl und öffnet eine kleine Plastiktüte. Sie holt etliche Flaschen Feuchtigkeitsspülung heraus, deren Etiketten an einen großen Garten erinnern – Kamilleextrakt, Rosemarinextrakt, Kampferextrakt, Weiße-Nelken-Extrakt, Salbei, Aloevera-Öl. Sie gibt von jeder ein bißchen auf das Haar, massiert ihr die Kopfhaut mit kreisenden Bewegungen, bindet ihr eine Haube aus durchsichtigem Plastik um und setzt sie unter die Trockenhaube.

Sie gibt sich der Verführung der Erinnerung hin, irrt im Busch umher, ohne einen Weg zu erkennen. Er hatte Kopfschmerzen gehabt, gegen die auch starke Schmerzmittel nichts hatten ausrichten können. Er ging zum Betriebsarzt, der Doktor sagte: «Das ist psychosomatisch bedingt, verursacht durch großen Streß. Mr. Laolu, Sie arbeiten zuviel. Ich muß Ihnen eine Woche Bettruhe verordnen.» Er hatte gegrollt und sich beschwert, aber sie hatte dem Doktor vehement zugestimmt und ihn nicht einmal nach Hause kommen lassen. Sie hatte ein paar Kleider und Toilettenartikel eingepackt und ihm ins Krankenhaus gebracht. Sie schützte ihn vor besorgten Familienmitgliedern und Freunden, die ihn besuchen wollten, und sagte: «Es geht ihm gut, wirklich, er braucht nur ein bißchen Bettruhe, der Doktor hat gesagt, er soll niemanden sehen, und der Doktor ist ziemlich streng. Man muß den Anweisungen des Doktors folgen.» Sie schloß ihren Laden früh und verbrachte die Abende mit ihm, neckte ihn und munterte ihn auf mit Scherzen darüber, wie gut ihm die Ruhe stünde, vielleicht sei es an der Zeit, endlich diesen Urlaub in Ghana zu machen.

Nach drei Tagen Bettruhe war er gegangen. Er hatte einfach weitergeschlafen. Er wachte nicht auf, als die Schwestern versuchten, ihn zu wecken. Er wachte nicht auf, als sie ihn rüttelte, seinen Namen rief, seinen Kosenamen rief, die poetischen Anreden seiner Familie rief, die ihr seine Großmutter beigebracht hatte. Er hatte einfach weitergeschlafen. Sie wußte nicht, wie sie nach Hause gekommen war. Sie wußte nicht, wie sie geschlafen hatte. Sie erinnerte sich an keine Träume, sie wachte am nächsten Morgen auf und wußte nur, daß sie sterben wollte. Sie schrie: «Tod, warum hast du mich zurückgelassen?»

Ihr Schrei weckte ihre jüngere Schwester und ihre beste Freundin, die links und rechts neben ihr geschlafen hatten. Beide schreckten hoch und hielten sie fest. Sie wußte nicht, wie sie sie ins Bett gebracht hatten, sie wie Schutzengel bewacht hatten. Sie fing an zu weinen, tiefe Seufzer entfuhren ihr, wie ein Vulkan, der an den Rändern ausbricht. Yetunde sagte zu ihr: «Denk an deine Kinder.» Dieser Satz traf sie wie ein Strahl grellen Sonnenlichts und trocknete ihre Tränen. Sie wandte sich an ihre Schwester: «Wo sind sie?» Ihre Schwester antwortete: «Ich habe sie zu unseren Eltern gebracht. Sie sind versorgt.»

Ein Klopfen an der Tür erschreckt die drei Frauen. Wer auch immer geklopft hat, dreht auch den Türgriff und tritt ein, läßt ihr kaum Zeit, ihr Nachthemd glattzustreichen. Er tritt auf sie zu mit der Aktentasche ihres Mannes in der Hand, seine besondere braune Aktentasche, die, in der er wichtige Dokumente aufbewahrte. Es ist ihr Schwager. Der ältere Bruder ihres Mannes.

«Guten Morgen, unsere liebe Frau, wir stehen alle unter Schock, alle sind bekümmert. Unsere Kalebasse ist zerbrochen, das Öl ist von der Wüste aufgezehrt.» Er hielt inne und wischte sich eine Träne aus den Augenwinkeln. «Aber wir müssen jetzt alle stark sein, den Kindern zuliebe... heute um sechs findet eine Familienversammlung statt, um die Bestattungsfeier zu besprechen.»

Die Worte ihres Mannes kamen ihr in den Sinn: «Weine nicht mit beiden Augen. Ein Auge muß trocken bleiben, scharf und zielgerichtet.» Sie entgegnete ihrem Schwager: «Was machst du mit der Aktentasche meines Mannes?»

«Ach, unsere liebe Frau, das ist die Aktentasche meines Bruders. Stelle nicht mein Recht in Frage, daß ich nur einige seiner Papiere durchsehe, zu deinem Wohl und zum Wohl eurer Kinder.» Er drehte sich auf dem Absatz um und verließ das Zimmer, die Tür ließ er offen stehen.

Ihre Schwester erhob sich, um die Tür zu schließen, drehte sich zu ihr um und sagte: «Meine Schwester, streite nicht mit ihnen, mach dir nichts daraus, ich möchte nicht, daß sie dir oder deinen Kindern weh tun.»

Ihre beste Freundin umarmte sie, sagte, du mußt stark und vorsichtig sein. Denk daran, welchen Ärger meine Schwester hatte, als sie ihren Mann verlor. Wenn du dich gleich mit ihnen anlegst, können sie dich aus dem Haus werfen. Ich glaube nicht, daß Gbenga ein Testament gemacht hat, oder?»

«Nein», antwortete sie, «er hatte nicht geplant, mit vierzig zu sterben.»

«Du siehst also, du mußt sehr vorsichtig sein. Du mußt dich umsichtig verhalten. Auch wenn du beschließt, sie vor Gericht zu bringen, es gibt keine wirklichen Gesetze, die die Rechte von Witwen vertreten, und der Richter kann immer bestochen sein. Du mußt wirklich sehr vorsichtig sein. Beruhige dich und laß uns überlegen. Gott sei Dank hast du dein eigenes Geschäft. Du bist nicht abhängig davon, daß sie dich ernähren. Du weißt, als der Mann meiner Schwester starb, wollte sein älterer Bruder sie erben und sie zu seiner zweiten Frau machen – wir waren alle bis ins Mark erschüttert über diesen vermeintlich aufgeklärten Mann. Als sie ablehnte, hetzte er den Rest der Familie dazu auf, zu erklären, daß sie sich nur um zwei ihrer sechs Kinder kümmern würden, es sei denn, sie heiratete ihn.

Meine Schwester fragte sie: Was ist mit den vier anderen? Sind das Bastarde? Sind das nicht die Kinder eures Bruders? Sie bekam keine Antwort. Meine Schwester zwang sie, Farbe zu bekennen, und verließ die Versammlung mit all ihren Kindern. Du weißt, wie schwierig es für sie war, sie arbeitete Tag und Nacht in ihrem Lebensmittelladen, versuchte durchzukommen, verzichtete oft selbst auf eine Mahlzeit, damit ihre Kinder etwas zu essen hatten. Es war sehr hart, aber jetzt haben vier ihrer Kinder die Ausbildung an der Universität abgeschlossen. Mach dich darauf gefaßt, besonders hart arbeiten zu müssen, die Zeichen, die ich von deiner Schwiegerfamilie vernehme, verheißen nichts Gutes.»

Trockenen Auges und gefaßt nahm sie am Abend an der Versammlung teil, immer noch flankiert von ihrer Schwester und ihrer besten Freundin. Nach dem Gebet für die Seele ihres toten Bruders eröffnete der älteste Bruder ihres Mannes die Verhandlung und informierte sie schlicht über die Entscheidungen, die sie über ihr Leben und das ihrer Kinder getroffen hatten.

«Unsere liebe Frau, es ist tatsächlich eine sehr traurige Zeit für uns alle. Unser wundervoller Bruder hat uns verlassen, ohne sich zu verabschieden. Unsere Säule ist gebrochen. Unser Haus ist zusammengestürtzt. Der Elefant ist gefallen. Aber wir müssen uns um sein Vermächtnis kümmern. Wir müssen uns um dich kümmern und die Kinder, die er hinterlassen hat, seine fünf Kinder.»

Bei der Zahl fünf blickte sie überrascht auf, sie und Gbenga hatten vier Kinder. Konnte die Trauer des alten Mannes sein Gedächtnis kurzfristig getrübt haben?

Er fuhr fort. «Unsere liebe Frau, wir sehen, daß du nichts davon weißt. Dein Mann hatte noch ein Kind mit einer anderen Frau. Eine Tochter, sie ist drei Jahre alt.»

Eine mehr als drei Jahre alte Affäre besudelte nunmehr ihre Trauer mit noch mehr Scheiße...

«Bist du sicher mit dem, was du da sagst? Wo ist das Kind?»

«Unsere Frau, Gbenga hat uns von dem Kind erzählt, gleich nachdem es geboren war. Einige von uns begleiteten ihn zur Taufe in Ibadan. Er wollte es dir nicht sagen. Er sagte, er wollte dich nicht verletzen. Hier ist ein Foto von dem Kind.»

Er gab es ihr. Sie sah seine Rüsselnase. Sie sah seine Augen, die sich hinter dem Lächeln des Kindes über sie lustig machten. Langsam gab sie das Foto dem Alten zurück, zu erschüttert, um sich zu ärgern.

Sie sah die Zukunft vor sich, die zerklüfteten Berge, die haiverseuchten Gewässer, die blutrünstigen Moskitos, die

Messer, die ihr ins Fleisch schneiden wollten, und in der Tiefe ihrer Trauer betete sie um die Würde, stark zu sein.

Der alte Mann tönte weiter: «Wir haben in seinen Papieren nachgesehen, er hat Ayo, sein erstgeborenes Kind, zu seinem nächsten Angehörigen gemacht. Er ist derjenige, der bevollmächtigt ist, den Scheck von der Lebensversicherung seines Vaters im Empfang zu nehmen. Die Versicherungsgesellschaft hat uns einen Termin für Dienstag nächster Woche gegeben. Laß deinen Eltern eine Nachricht zukommen und sorge dafür, daß der Junge mit uns gehen kann, um den Scheck abzuholen. Dann werden wir den Scheck einlösen und einen Finanzplan aufstellen, wie die Kinder und du am besten unterstützt werden können.»

Wenige Minuten vor dem Termin bei der Versicherungsgesellschaft hielt sie ihren zitternden fünfzehnjährigen Sohn fest und flüsterte ihm ins Ohr. «Du mußt mir den Scheck geben.» Zwei von Gbengas Brüdern hatten sie und ihren Sohn zur Versicherungsgesellschaft begleitet. Sie saßen alle auf einer Seite an dem langen Tisch im Konferenzraum, die Männer hatten den Jungen von zwei Seiten eingerahmt, wie einen gut bewachten Kriminellen, der gerade von Polizisten festgenommen worden war.

Der Herr von der Versicherung drückte sein Beileid aus und übergab dem Sohn den Scheck. Als der Junge ihn entgegennahm, streckten seine Onkel von beiden Seiten die Hände aus, um ihm den Scheck zu entreißen. Geschickt stieß der Junge seine beiden Onkel mit dem Ellbogen weg und reichte den Scheck schnell an seine Mutter weiter. Wütend und lächelnd verstaute sie ihn hingebungsvoll in ihrem Büstenhalter.

Kleine Helden

Ich weiß nicht, warum mich mein Bruder wie ein kleines Kind behandelt. Ich bin zehn Jahre alt, und das ist schon ziemlich groß. Immerhin schickt mich meine Mutter zum Einkaufen auf den Markt, und ich habe noch nie das Geld verloren... Weißt du eigentlich, daß ich in der Schule gerade erfahren habe, daß ich eine Klasse überspringen darf. Meine Mutter war sehr glücklich. Sie sagte, ich hätte ihr für ein Jahr die Schulgebühren erspart. Ich habe viel gebüffelt, habe sogar bei Kerzenlicht gelesen, wenn der Strom ausgefallen ist.

Zuerst, als die Direktorin die Beförderungen ankündigte, habe ich meinen Namen nicht gehört und war schon sehr besorgt, doch dann hörte ich meinen Namen. Meine Klassenkameraden waren sehr eifersüchtig, sie sagten, ich müsse jemand anderem das Gehirn gestohlen haben, um die Prüfungen zu bestehen. Wie kann man denn jemand anderem das Gehirn stehlen... Ich bin doch erst zehn Jahre alt.

Ich war sehr unglücklich über das, was sie da sagten, aber ich habe meinem Bruder nichts davon erzählt. Er hätte es nur dem Direktor gemeldet, und der hätte sie bestraft. Und dann hätten sie mich wieder attackiert. Ich will nicht, daß das Leben in der Schule für mich schwieriger wird. Als ich meiner Mutter sagte, daß ich eine Klasse überspringen darf, schenkte sie mir verschiedene Sachen, darunter einen Spielzeugfilmprojektor. Sie gab mir jetzt jeden Tag Geld, damit ich mir Kekse kaufen konnte. Mein Bruder hat nie eine Klasse übersprungen, obwohl er sehr sehr gut ist.

Ich habe ein Bankkonto. Da sind zweitausend Naira drauf. Das ist ein Geheimnis. Warte, ich gehe schnell hinein und hole das Sparbuch und die Karte... Siehst du, ich habe zweitausend Naira darauf. Mein Onkel hat sie mir gegeben. Er ist reich. Er hat meiner Mutter zwanzigtausend Naira und meinem Bruder und meiner Schwester jeweils fünftausend Naira gegeben. Ich habe zweitausend Naira bekommen, weil ich der jüngste bin. Mein Geld ist auf der Bank. Ich kann nicht dran, bevor ich achtzehn bin. Ich werde es nicht anfassen, bis ich zweiunddreißig bin, und dann gebe ich das Geld meiner Mutter.

Wenn ich groß bin, möchte ich kleinen Kindern helfen. Ich sehe so viele Kinder auf der Straße. Da ist ein kleiner Junge, der sitzt am Straßenrand. Den sehe ich jeden Morgen auf meinem Weg zur Schule, er sieht immer hungrig aus. Ich glaube, er ist ungefähr sieben Jahre alt, er ist nicht ganz so dunkel wie ich, und er hat lockiges Haar wie die Fulani. Er hat immer dreckige Shorts an und ein zerrissenes T-Shirt. Ich sehe, wie er zittert, morgens, wenn es kalt ist. Seine Hände zittern immer, wenn er seine Schale zum Betteln hinhält. Der Junge hat sehr traurige Augen.

Manchmal, wenn ich keinen Hunger habe, lege ich mein Essensgeld in seine Schale. Ich sehe auch Mütter und deren Zwillinge, wie sie in der Sonne sitzen und um Geld betteln. Auntie, warum setzen diese Frauen ihre Kinder der prallen Sonne aus? Stimmt es, daß die Zwillinge ihren Müttern gesagt haben, sie sollen betteln? Aber das sind noch Babys, sie können nicht sprechen. Eines Tages sah ich einen Mann, wie er einen Fünf-Naira-Schein in die Bettelschale der Zwillinge legte, der Wind wehte das Geld in den Rinnstein, die Mutter ließ ihre Kinder zurück, um das Geld aus dem Rinnstein zu holen. Ein vorbeirasendes Taxi bespritzte die Babys mit Regenwasser, sie fingen an zu weinen. Auch ihre Mutter brach in Tränen aus.

Möchtest du ein paar Orangen? Meine Mutter hat welche gekauft, und ich habe sie alle gewaschen und in den Kühlschrank gelegt. Keine Sorge, du kannst sie alle haben. Sind sie auch kühl genug? Mein Onkel hat uns auch diesen Kühlschrank gegeben. Mein Vater hat eine andere Frau geheiratet, weil er mehr Kinder wollte. Er regelt den Verkehr auf der Straße. Wie nennt man diese Leute, die die Autos auf der Straße kontrollieren? Hilfspolizist? Ja, so heißt das, was er ist...

In meiner Klasse ist ein Junge. Das ist unser Klassenraudi. Er macht uns allen Angst. Er erpreßt uns, ihm Geld und Essen mitzubringen. Wir können unser Mittagessen nicht essen, er nimmt es uns immer weg... Eines Tages fragte er mich: «Jide, was ist das Übel von Lagos?» Ich antwortete: «Bestechung.» «Gut?» sagte er, «morgen mußt du mir eine Bestechung mitbringen.» Er wollte, daß ich ihn bezahle, sonst würde ich eine Abreibung von ihm bekommen. Am nächsten Tag stellte ich mich krank und sagte meiner Mutter, mir wäre schlecht und ich könne nicht zur Schule gehen...

Gott hat mir schon mehrmals das Leben gerettet. Ich werde nie vergessen, als ich neun Jahre alt war und fast von einem Auto überfahren worden wäre. Mein Cousin hatte Schuld daran. Er glaubte, ich hätte gesagt, ich könne schon alleine von der Schule nach Hause gehen, dabei konnte ich es noch gar nicht. Auf dem Heimweg versuchte ich, die Straße zu überqueren. Ich rannte los. Plötzlich hielt ein Auto mit quietschenden Reifen, und ich fiel um. Sofort versammelte sich eine Menge schreiender Leute. Ich verlor das Bewußtsein...

Ich hörte einen dumpfen Schlag und einen Schrei, die Stimme klang wie mein Freund, dieser Schuljunge. Der, der mir manchmal sein Essensgeld gibt. Ich sah von meiner Bettelschale auf und blickte auf die Straße. Da lag der Junge ausgestreckt. Er bewegte sich nicht. Ich sprang auf, nahm aber noch meine Schale mit, denn Diebe haben keinen Respekt vor Bettlern, und rannte zum Ort des Geschehens. Dort hatte sich schon eine große Menschenmenge gebildet, sehr viele Leute waren da. Das ist etwas, das Lagos im Überfluß hat – Menschen, Berge von Schutt, Rauchschwaden, Staubwolken, Gestank. Lagos hatte von alledemeine Menge.

Ich bahnte mir einen Weg durch die Menge und kniete vor dem Jungen nieder. Dabei paßte ich auf, daß meine Schale nicht verlorenging. Ich faßte ihn an. Ich wollte seinen Namen rufen, aber ich wußte nicht, wie er hieß. Plötzlich schob mich eine Hand weg. Zwei Männer trugen ihn in ein wartendes Auto. Die Türen wurden zugeschlagen, und das Auto raste mit ihm davon.

Ich ging zurück zu meinem Platz im Staub, mein Herz war schwer, und ich hoffte, daß diesem Kind, das mich, ein anderes Kind, mit seinem Essensgeld ernährt hatte, nichts zugestoßen war...

Ich hockte im Staub, beobachtete, wie sich die Menge allmählich zerstreute, wie sie sich unterhielten und zu ihrem Tagwerk zurückkehrten – Herumlaufen, Stehlen, Verkaufen, Nichtstun oder was auch immer sie vor dem Unfall getan hatten. Ich blicke in die Ferne und erinnere mich an den Tag, als ich beinahe unter die Räder eines Busses geraten bin. Ich hatte an jenem Tag am Ikeja-Busbahnhof gebettelt, dabei zog ich von einem Busfenster zum anderen und ging die Passagiere um etwas Geld für Essen an. Bei einem Fenster blieb ich einige Minuten stehen und bettelte einen Mann an. Er ignorierte mich. Ich wollte ihn anfassen, damit er auf mich aufmerksam wurde, aber er runzelte die Stirn und sagte: «Wenn du es wagst, mich mit deiner dreckigen Hand anzulangen, kriegst du von mir solche Dresche, daß du Tag und Nacht nicht mehr unterscheiden kannst.» Ich zog mich schnell zurück und ging zum nächsten Fenster. Ich lächelte, als ich sah, daß dort die Frau saß, die mir meistens Geld gab. Sie erinnerte mich an meine Mutter, die starb, als ich fünf Jahre alt war.

Ich lächelte sie an und bat sie um Geld, aber sie sagte: «Mein Junge, heute gebe ich dir kein Geld. Warum suchst du dir nicht einen Job? Geh Geschirr abwaschen in irgendeiner Buka, dann kriegst du wenigstens etwas zu essen.» Ich erwiderte nichts. Wie konnte ich ihr erklären, daß das Geld, das ich beim Betteln verdiente, auch noch meine vier Brüder und meine Schwester ernährte. Für mich selbst würde ich genug Essen bekommen fürs Abwaschen, aber sie würden mir kein Essen für meine Familie geben. Mein Vater trank und verspielte das Gehalt, das er als Straßenfeger bei der Stadt verdiente.

«Madam, bitte geben Sie mir Geld.» Der Mann, der neben ihr saß, gab mir fünf Naira, als der Bus aus der Garage herausfuhr. Ich bettelte sie weiter an, aber sie ignorierte mein Flehen. Der Bus fädelte sich in den Verkehr ein, ich rannte neben ihm her, klammerte mich mit einer Hand an das Fenster. Ich hielt mich fest und hoffte, sie würde lieb zu mir sein, hoffte, ich würde eine Geste der Zuneigung von ihr bekommen, von ihr, der Frau, die aussah wie meine Mutter. Jemand schlug mir mit einer Zeitung auf die Hand, damit ich losließ. Ich konnte nicht. Ich wollte nicht.

Ich, der so lange nach einer Mutter gesucht hatte. Der Frau, die mich immer angelächelt hatte. Der Frau, die mir so oft Geld gegeben hatte. Warum wies sie mich heute zurück? Der Bus fuhr jetzt schneller. Ich hielt mich immer noch daran fest, als ginge es um mein Leben, wegen der Frau, die meine liebe Mutter hätte sein können. Die Leute im Bus fingen an sich aufzuregen.

«Dieser Junge ist wahnsinnig und ganz besessen von Gier. Er hat schon von jemand anderem in diesem Bus Geld bekommen.» «Gute Frau, kennen Sie ihn, schulden Sie ihm Geld?» »Nein!» hörte ich die Frau antworten. «Ich kenne ihn nicht.» Sie verleugnete mich. Diese Frau, die meine Mutter hätte sein können. Ich wollte schreien: « Sie kennen mich doch, Sie haben mir schon oft Geld gegeben. Sie könnten meine Mutter sein.» Aber ich mußte mich darauf konzentrieren, mich festzuhalten, um nicht herunterzufallen. «Fahrer, Fahrer halten Sie an. Sagen Sie dem Schaffner, er soll ihn mit Gewalt wegschaffen.»

«Fahrer, halten Sie, halten Sie. Wenn er herunterfällt und sich verletzt, dann kriegen Sie Ärger mit der Polizei.» Passanten glotzten mich jetzt an. Es war mir egal. Ich wollte nur eine Mutter. Der Bus hielt an. Der Schaffner stieg aus. Er packte mich am Arm und schüttelte mich. «Was willst du?» Ich öffnete den Mund, um etwas zu sagen. Doch es kamen keine Worte. Nur Geräusche. Wie konnte ich den Verlust einer Mutter erklären? Die Last, die mein Vater war. Die Mäuler, die ich zu stopfen hatte in der undichten Einzimmerhütte unserer Familie. Ich fing an zu weinen und zu flehen.

«Bitte Ma, bitte Ma, bitte Ma.»

«Bitte Ma, bitte um was? Was willst du von dieser Dame?»

«Ich will ihr Sohn sein.»

Ich sah, wie die Dame ihr Fenster zuschlug. Der Fahrer begann, ungeduldig zu hupen. Der Schaffner sagte: «Aber sie kann dich nicht mit nach Hause nehmen. Sie hat ihre eigenen Kinder.» Schnell sprang er auf den Bus auf. Der Bus raste davon, ich konnte ihm nur noch hinterherstarren mit dem glasigen Blick eines Waisen.

Ich kann nur hoffen, daß meinem Freund nichts passiert ist. Ich hoffe, er hat eine Mutter, die sich um ihn kümmert...

Als ich wieder zu mir kam, war ich im Krankenhaus. Eine Krankenschwester lächelte mich an. Sie erklärte, daß sie meine Adresse auf meinen Schulheften gefunden hatten. Sie gab mir etwas zu essen und sagte, daß sie mich nach Hause bringen würde. Ich aß und fragte, wie ich ins Krankenhaus gekommen war. Ich konnte mich nur daran erinnern, wie ich auf die Straße gefallen war. Die Krankenschwester meinte, daß ich großes Glück gehabt hätte. Daß ich fast überfahren worden wäre von einem Auto, aber der Fahrer noch im letzten Moment gebremst hätte. Sie sagte, ich müsse besser aufpassen, wenn ich das nächste Mal über die Straße ginge. Daß ich zuerst nach links und nach rechts und dann wieder nach links schauen müsse, um sicher zu sein, daß die Straße frei sei, bevor ich sie überquere.

Als ich nach Hause kam, war meine Mutter noch nicht von der Arbeit zurück. Mein Cousin empfing uns mit den Worten: «Jide, warum kommst du so spät?» Das ärgerte die Krankenschwester: «Sei bloß still», sagte sie, «weißt du nicht, daß er noch zu klein ist, um den ganzen Schulweg alleine nach Hause zu gehen? Er ist beinahe von einem Auto überfahren worden, er hätte tot sein können...»

Ich hatte großes Glück, wirklich. Ich war dem Tod nur knapp entronnen. Auntie, gehst du schon? Ich wünschte, du könntest noch ein bißchen bleiben. Vergiß nicht die Musikkassetten, die du mitnehmen wolltest. Diese hier kannst du auch haben... Sie ist sehr gut. Ist schon in Ordnung... Du kannst sie haben. Ich sage meinem Bruder, daß ich sie dir geliehen habe. Aber nein, ich mache niemandem die Tür auf. Ich spreche mit ihnen durch das Fenster und frage sie, ob ich etwas ausrichten soll... Warte, ich bringe dich zur Tür. Einen Moment, ich wechsle nur schnell mein Hemd... denk daran, erzähl deiner Mutter nichts davon, daß ich eine Klasse überspringen darf. Ich möchte es ihr selbst sagen.»

Für die Jungs

«Abuja!» «Port Harcourt!» «Enugu!» «Kano!»

«Madam, wohin wollen Sie, nach Enugu?»

«Ach, hau ab, sie fährt nach Abuja...»

Lauthals bestürmen mich die Schlepper, als das Okada-Motorrad auf einem Parkplatz vor dem Tor des zweiten Terminals am örtlichen Flughafen anhält.

Ich frage den Fahrer: «Bringen Sie mich nicht rein?»

«Madam, ich darf nur bis hierher fahren. Sehen Sie nicht das Schild?»

Er zeigt auf den Hinweis an den Toren. In verblaßter grüner Schrift auf einem weißen Brett heißt es: Motorräder hinter dieser Markierung nicht erlaubt! Befahren bei Strafe verboten.

Ich steige ab und zahle. Zehn Hände greifen nach meinem Gepäck.

«Madam, das Flugzeug nach Abuja steht schon bereit. Geben Sie mir Ihre Tasche.»

«Hören Sie nicht auf ihn. Das Port-Harcourt-Flugzeug ist gerade gelandet.»

«Ich bin sicher, Sie wollen nach Kaduna...»

«Hände weg von meinem Gepäck!» schreie ich die Schlepper an. Sie weichen zurück vor dem energischen Nachdruck, mit dem ich meiner Verärgerung Ausdruck verleihe, gehen zur Seite, bilden eine Gasse. Ein rotes Meer, das sich zweiteilt. Schwankend unter dem Gewicht der schweren Tasche wackle ich an den parkenden Autos vorbei zur Verkaufsstelle von Tradesq Airlines. Schon in der Eingangshalle kommen drei Männer in schwarzweißen Uniformen auf mich zu.

«Madam, Sie wollen nach Abuja?»

«Ja, ich möchte ein Ticket kaufen.»

«Was, Sie kommen zu spät, das Flugzeug ist voll.»

«Oh Gott... was mache ich jetzt? Gibt es noch eine andere Gesellschaft, die jetzt nach Abuja fliegt?»

«Madam, machen Sie sich mal keine Sorgen, wir helfen Ihnen. Kommen Sie einfach mit.»

«Nein, nein, nein. Ich möchte wegen Ihnen keine Zeit verlieren, ich werde mich nach einer anderen Möglichkeit umsehen.»

«Madam, vertrauen Sie uns. Wissen Sie, wir gehören zur Belegschaft der Tradesq.»

Sie zeigen auf ihre Brust, lassen mich kurz ihre Namensschilder sehen.

«Sehen Sie, unsere Ausweise. Sie können sich auf uns verlassen.»

Ich betrachte die verschwommenen Fotos auf den undeutlichen laminierten Namensschildern. Mir ist nicht ganz wohl dabei, aber ich beschließe, das Risiko einzugehen. Wer nicht wagt, der nicht gewinnt. Und ich werde in Abuja wirklich dringend erwartet.

«Kommen Sie nur, keine Sorge. Wir gehen jetzt zum Ticket-Supervisor. Vielleicht erscheint jemand nicht, der fest gebucht hat. Und Sie können möglicherweise noch einen Platz bekommen. Kommen Sie hier entlang.»

Einer der Männer nimmt meine schwere Tasche und eilt davon. Ich eile hinter ihm her. Wir gehen durch einen kurzen Korridor und biegen dann nach links ab in einen überfüllten Raum. Ich sehe mich um. Es ist die Flughafenhalle, die von Reisenden überquillt. Musik tönt aus irgendwelchen Lautsprechern. Ein paar Männer hocken vor einem Fernsehgerät und sehen sich ein Fußballspiel an. Mütter stillen ihre Babys, Freunde umarmen sich. Um mich herum Getöse von Stimmen und Mündern, die sich bewegen. Laut und lärmend wie ein schwarzweißer Coca-Cola-Lagos-Werbespot: «Frankreich ist nur 4.716 Kilometer entfernt. Machen Sie sich bemerkbar.»

Ich bin leicht verwirrt und frage mich, was wir in der Abflughalle machen, wenn ich kein Ticket habe. Ich renne, um ihn einzuholen und packe ihn am Arm.

«Hey, was machen wir hier?»

«Madam, ganz ruhig, ich bringe Sie zum Supervisor. »

Wir verlassen die Halle, biegen wieder nach rechts ab zu irgendwelchen Holzverschlägen, Lagerschuppen vielleicht.

Etwa fünf Meter vor dem ersten läßt der Mann plötzlich meine Tasche auf die nackte Erde fallen. Er sagt: «Madam, warten Sie hier, ich gehe und hole den Supervisor.» Eine Minute später kommt er mit zwei anderen Männern zurück. Einer von ihnen hat einen mageren hungrigen Ausdruck in den Augen. Er taxiert mich, betrachtet meine glänzenden Lederschuhe, goldenen Ohrringe und die marineblaue Tasche mit den goldfarbenen Griffen.

«Madam, der Supervisor hat gerade zu tun, er hat im Moment keine Zeit für Sie. Ich bin sein Assistent. Ich werde mich um Sie kümmern, und das hier ist mein Assistent», sagt er und zeigt auf den Mann zu seiner Linken. Der scharwenzelt um mich herum und verbeugt sich: «Guten Tag, Madam.»

«Guten Tag, ich möchte ein Ticket kaufen. Ich habe gehört, das Flugzeug ist voll, aber mir wurde gesagt, daß Sie mir vielleicht helfen können.»

Mister Mager lächelt das Lächeln erhörter Gebete... «Ja, Madam», antwortet er. «Wir können Ihnen helfen, aber Sie müssen einen kleinen Aufpreis bezahlen.» Ich schenke ihnen ein arrogantes Lächeln und denke bei mir: «Tut mir leid, Jungs, ihr habt auf die Falsche gesetzt. Mich werdet ihr nicht schröpfen, und ich werde einen Platz auf diesem Flug bekommen.»

Ich blicke dem Mann in die Augen. «Mir steht nur ein sehr begrenztes Reisebudget zur Verfügung, ich kann über den Preis für das Ticket hinaus nicht einen Kobo zahlen.»

«Aber Madam, wie können Sie so etwas sagen?»

«Es ist die Wahrheit. Außerdem muß ich nicht unbedingt heute fliegen. Ich weiß, daß Sie morgen früh noch einen Flug haben. Dann komme ich wieder.»

Ich bücke mich, um mein Gepäck aufzuheben. In ihren Augen lese ich, wie sich Panik ihrer bemächtigt...

«Madam, jetzt gehen Sie doch nicht gleich weg. Warum sollten Sie erst morgen nach Abaju fliegen, wenn Sie in wenigen Minuten aufbrechen können? Das Flugzeug landet gleich und fliegt um 4.30 Uhr wieder ab. Geben Sie sich einen Ruck und legen Sie ein bißchen was drauf... für die Jungs.»

«Ich habe es Ihnen bereits gesagt, ich habe nicht einen Kobo übrig.»

«Madam, kommen Sie mal her... nur eine Minute», sagt mein unermüdlicher Schlepper und versucht, mich beiseite zu ziehen.

«Nein, ich rühre mich nicht von der Stelle.»

Er nähert sich mir und flüstert: «Madam, es gibt noch eine andere Möglichkeit. Geben Sie mir privat viertausend Naira, und ich versichere Ihnen, daß Sie auf diesem Flug mitkommen.»

«Nein danke, ich möchte ein reguläres Ticket.»

«Madam, Sie können sich auf mich verlassen, ich gehöre zur Belegschaft. Wir gehören alle zur Belegschaft.» Sie zeigen mir noch einmal kurz ihre verschwommenen Namensschilder.

«Wenn es Zeit ist, an Bord zu gehen, werde ich das mit den Jungs im Flugzeug klarmachen. Sie werden auf diesem Flug mitkommen. «

«Haben Sie mich nicht verstanden? Ich sagte, ich möchte ein reguläres Ticket...»

«Stellen Sie sich doch nicht so an... Sind Sie privat unterwegs, oder ist das eine Dienstreise?»

«Eine Dienstreise.»

«Ach, jetzt verstehe ich... keine Sorge. Geben Sie mir nur die viertausend. Ich werde Ihnen eine Tradesq-Quittung besorgen. Sie werden etwas in der Hand haben, das Sie Ihrer Buchhaltung vorlegen können.»

«Nein, danke!» Ich nehme mein Gepäck und will mich entfernen.

«Okay, Madam, kommen Sie, kommen Sie... Ach, diese Frauen. Sie wollen einfach nix von ihrem Geld rausrücken. Nie.»

«Ich arbeite hart für mein Geld. Ich pflücke es nicht von den Bäumen...», gebe ich zurück. Sie führen mich in den Holzschuppen. «Manche Leute kommen sogar zu uns, damit wir ihnen helfen mit ihrem Reisespesenkonto. Sie kassieren die Kosten für das Ticket und reisen dann mit dem Auto oder Bus, behalten das restliche Geld. Sie kommen zu uns und holen sich offizielle Quittungen, um nachzuweisen, daß sie geflogen sind.

Die Zeiten sind hart. Alle kämpfen um ihr Überleben. Wir versorgen sie mit gebrauchten Tickets mit ihren Namen drauf... und all das. Wenn Sie möchten, können wir das für Sie tun. Es kostet Sie nur eintausend Naira.»

«Jetzt hören Sie mir gut zu. Ich weiß, das reguläre Ticket kostet fünftausendfünfhundertundreißig Naira. Ich werde niemandem einen Penny mehr oder weniger geben.»

Ich stehe auf und gehe zur Hintertür des Verkaufsbüros... Schnell schneiden sie mir den Weg ab. «Bringen Sie das Geld.» Während ich mein Geld zähle, werfen zwei von ihnen mit gereckten Hälsen einen Blick in meine Handtasche. «Weg da!» Ich scheuche sie weg. Ich halte das Geld in der Hand und wende mich an den ersten Mann. «Hier ist das Geld. Gehen wir.» Er streckt seine Hand aus, um es zu kassieren, aber ich halte es gut fest. «Nicht so hastig, wir kaufen mein Ticket zusammen.»

Wir betreten das Verkaufsbüro. Dort ist es ruhiger, als ich erwartet habe. Der Kassierer liest ein Revolverblättchen. Ich händige ihm das Geld aus. Er gibt es in eine Geldzählmaschine und drückt auf den Knopf. Mit Adleraugen beobachte ich die Zahlen, die auf der Maschine rattern, während Nairascheine in den Behälter darunter fallen. Der Kassierer stellt mir eine Quittung aus. Ich gehe hinüber zum Ticketschalter. «Ich möchte ein Ticket nach Abuja.» Ich schiebe die Quittung hin und bin in Kampfstimmung, bereit für die zweite Schlacht um falsche Forderungen. Er schaut auf meine Quittung und schreibt mir ein reguläres Tradesq-Ticket aus. Höflich übergibt er mir den Flugschein: «Madam, ich wünsche Ihnen einen guten Flug.»

Es gelingt mir, mich zu bedanken.

Ich öffne das Ticket und sehe mir meine Platznummer an: In schöner schwarzer Schrift steht da geschrieben: 16C. Ich wende mich an den Ticketverkäufer. «Aber ihre Jungs sagten mir, das Flugzeug sei völlig ausgebucht.»

«Das muß ein Mißverständnis gewesen sein. Wir sind nur drei Viertel voll.»

Als ich mich umdrehe und gehen will, halte ich wütend Ausschau nach den «Tradesq Boys». Keiner zu sehen.

Habichte

Yemi starrte auf die Zeitschrift Newshorn in ihrer Hand und studierte jedes kleine Detail des Gesichtes auf der aufgeschlagenen Seite vor ihr. Dominiert von einer Hakennase waren in dem Gesicht winzige Stammesmarkierungen zu erkennen, die sich von den Mundwinkeln hoch bis zu den Backenknochen zogen. Seine Augen hielten ihrem Blick stand, forderten sie höhnisch heraus, als wollten sie sagen, he, all deine Wut kann das Feuer hinter meinen Augen nicht ersticken.

Ihr Blick schweifte auf die untere Hälfte der Seite. Sie lachte leise in sich hinein, als sie die Bildunterschrift sah – Adegbemi Kunle, Rechtsanwalt, Menschenrechtskämpfer an vorderster Front. Seit dem 12. Juni vermißt. Sie hob ihre Beine und drückte sie gegen ihre Schreibtischwand. Sie lehnte sich in ihrem Stuhl zurück und lachte immer noch... Der Türknauf drehte sich, jemand würde wohl gleich hereinkommen. Yemi unterdrückt ihr Lachen, schluckt es herunter, streicht ihren Rock glatt und sieht so adrett aus wie eine Sekretärin in einem englischen Film aus den Siebzigern.

Die Tür öffnet sich, und ihr Kollege kommt herein. Er sieht aus wie ein Möchte-gern-Preisboxer, der noch nicht eine Medaille im Kampfring gewonnen hat. Seine breiten Schultern sind in ein Jeanshemd gequetscht. Yemi öffnet den Mund. Das unterdrückte Lachen bricht aus ihr heraus und erfüllt die Luft mit einem Wind, der die Papiere auf ihrem Schreibtisch hochfliegen läßt.

Bayo geht auf sie zu, lächelt sie mit einem leicht verletzten Ausdruck an. «Was ist so lustig?» Sie gibt ihm die Zeitschrift. Er wirft einen Blick auf das Foto und muß wie Yemi lachen. Sein Lachen klingt wie ein Automotor, der mit einem Fußhebel angelassen wird...

«Nun, meine Liebe, machen wir uns an die Arbeit...», sagte Bayo.

«Ich hoffe, du hast den Schädel», antwortete Yemi. «Ja, aber es war wirklich schwierig, einen aufzutreiben. Schließlich hatte ich Glück in einem Laden in Gbaja. Er sieht echt genug aus.»

«Super!»

«Ich habe auch das Blut, es ist allerdings noch gefroren, ich habe zwei Päckchen, die zu Kunles Blutgruppe passen, gekauft.»

«Und seine Kleider?»

»Für dreitausend Naira habe ich seinen Hausboy überreden können, ein paar für mich zu stehlen.»

«Ich glaube, wir haben alles, was wir brauchen. Wir können loslegen...»

Sie stand auf und ging in ihre Ecke des Zimmers. Sie bückte sich und stellte einen gelben Plastikeimer auf den Tisch. Abgesehen von ihrem Schreibtisch, der von staubigen Papierakten übersät war, sah der restliche Raum sauber und ordentlich aus. Und sehr spartanisch. Durch die weißen Wände wirkte er steril wie ein Operationssaal. Der Boden war von einem schweren grauen Teppich bedeckt, der die Schritte dämpfte. In der Mitte hing eine große nackte Glühbirne. Vier kleinere Birnen waren in jeder Ecke angebracht. Es war der Raum, in dem die Personen, die von der Regierung verhaftet worden waren, sich ihrem ersten Verhör unterziehen mußten. Dann stellten sie einen Stuhl in die Mitte des Zimmers direkt unter das große Licht und setzten die verhaftete Person dem gnadenlosen grellen Schein aus. Das hatte eine beunruhigende Wirkung. Es vermittelte das Gefühl, ein Fremder lese in deinem intimen Tagebuch.

Yemi nahm eine Schere und schnitt eine Tüte auf. Sie hielt sich ein Taschentuch vor die Nase und wich zurück, als der Geruch von menschlichem Blut ausströmte.

«Ich dachte, du hättest Nerven wie Drahtseile», sagte Bayo zu ihr.

«Nicht, wenn es nach Blut riecht», antwortete sie.

Bayo trat vor und zog ein Paar dicker weißer Handschuhe an, die auf dem Tisch lagen. Er füllte etwas von dem aufgetauten Blut in den gelben Eimer. Er holte den Schädel hervor und tauchte ihn hinein. Mit einem großen Malerpinsel machte er sich an die Arbeit, bestrich sorgfältig den Schädel mit Blut, bis kein bißchen Weiß mehr zu sehen war, und legte ihn anschließend auf ein Aluminiumtablett zum Trocknen. Danach setzte er sich, die metzger-roten Handschuhe noch an den Fingern, und sah Yemi dabei zu, wie sie die Kleider von Rechtsanwalt Kunle mit ihren Fingernägeln und einer Schere zerfetzte.

«Sei vorsichtig. Nicht so grob. Du reißt noch das ganze Hemd in Stücke.»

«Nein, nein. Vergiß nicht, daß ich hier die Expertin für darstellende Kunst bin.»

«Ja, Ma'am, aber übertreib's nicht mit dem Hemd. Denk daran, es muß aussehen, als ob Rechtsanwalt Kunle in einen blutigen Streit verwickelt war. Ich kann es kaum abwarten, die Reaktion seiner Frau zu sehen.»

«Ich bin sicher, sie wird auf der Stelle zusammenbrechen.»

«Sie hätte noch Schlimmeres verdient. Du weißt, als wir einmal ihren Mann abholen wollten, hat sie die Frechheit besessen, John, Isaac und mich stundenlang im Regen warten zu lassen.»

«Warum habt ihr nicht im Auto gewartet?«

«Das haben wir ja, aber der Regen drang in den alten klapprigen Toyota. Ich wurde naß, mir war kalt, und da habe ich mir geschworen, daß sie mir das büßen würde. Das hier ist die Gelegenheit...»

«Und seine arroganten, aufgeblasenen Kollegen, diese Menschenrechtsaktivisten, wird es diesmal so umhauen, daß sie keinen klaren Gedanken mehr fassen können.»

Noch einmal ließ ihr Lachen den Raum erbeben. Das unter Verschluß gehaltene Lachen der Frau brach aus und traf sich mit dem Kranken-Motor-Lachen des Mannes in der Mitte des Raumes. Ihr Gelächter glich einem freigelassenen Wolf, kurz vor dem tödlichen Biß. Bayo wischte sich die Tränen des Triumphs aus den Augen und sagte: «Und das Beste ist, daß niemand vor Gericht gebracht werden kann. Die wissen nicht, daß wir ihn haben. Sie wissen nicht, daß er bei uns ist. Seine Frau wird Dienstagmorgen aufwachen und einen blutroten Schädel und die blutverschmierten Kleider ihres Mannes vorfinden, die ihr einen guten Morgen wünschen...»

«Arme Frau...»

«Nun, das nächste Mal wird sie wissen, daß sie mich nicht mehr im Regen stehen lassen darf.»

«Hast du die Polizei informiert?«

«Ja, die sind in Alarmbereitschaft. Sobald seine Frau den blutverschmierten Schädel entdeckt, werden die Journalisten in Horden einfallen. Ich habe ein paar unserer Journalisten instruiert, ein paar Spekulationen und neue Provokationen in die Welt zu setzen. Sie werden fordern, daß diese Menschenrechtsanwälte verhaftet und von der Polizei vernommen werden und daß man der Polizei hilft, das Rätsel um den Schädel und die blutverschmierten Kleider aufzuklären.»

«Gut gemacht! Das ist ein sauberer Weg, unsere Operation Habicht zu lancieren. Als Reaktion auf die besorgte Öffentlichkeit werden wir landesweit alle Menschenrechtsaktivisten verhaften. Wir werden sie einsperren und für einige Monate außer Gefecht setzen. Wir werden ihre Büros durchsuchen...»

«Ich hoffe, dabei fallen ein paar gute Computer und Ventilatoren ab. Die Klimaanlage hier funktioniert nicht, und unser Verwaltungschef hat all unsere Eingaben ignoriert...»

«Bist du deswegen so kreativ?«

«Findest du nicht, daß wir wenigstens ein paar der schönen Sachen, die sie von ihren ausländischen Sponsoren bekommen, abkriegen sollten? Wir werden erklären, daß die verhafteten Aktivisten gefährliche Verdächtige sind und daß wir ihre Computer und ihre Büroeinrichtung weggeschafft haben, weil wir eine gründliche Fahndung nach den Entführern von Rechtsanwalt Kunle einleiten wollen. Wir werden die Kriminalpolizei dazu bringen, zu erklären, daß die Festplatten der Computer wichtig sind für die Untersuchungen und die Kompressoren der Klimaanlage kodierte Informationen enthalten könnten.»

«Super!»

«Und vergiß nicht, dem lieben Rechtsanwalt Kunle einen Fernseher in seine Zelle zu stellen. Wir wollen ihm doch nicht die Freiheit nehmen, sich die Operation Habicht im Fernsehen anzuschauen.»

Aluta

Sie sah, was von ihm zu sehen war, seine schwarzen, starken Zehennägel, gehärtet vom Staub seiner vielen Wanderungen. In Bettücher gehüllt wurde er wie ein schwerer Leichnam davongetragen. Seine Freunde mußten sich sehr anstrengen, ihn nicht fallenzulassen. Ihre Finger fanden kaum Halt an seinem Körper. Seine Knochen waren gebrochen, wie ein zertrümmerter Ast. Sein Körper wand sich unter ihren Griffen wie ein Aal, wie zerfließender Gelee, weich und verderbend.

Eine Traube von Studenten hatte sich auf dem Balkon vor ihren Zimmern versammelt, beobachtete und sezierte das Vorkommnis. Die Cashewnußbäume trieben sanft im Wind, grün glänzten die Hecken, Zigarettenrauch stieg auf über den jungen Männern, strenger Uringeruch drang aus dem Gras hinter dem Studentenheim. Der beißende, knebelnde Geruch stieg ihr mit der Aggressivität von Zwiebeln in die Augen. Das Gemurmel toste in ihren Ohren.

Vorsichtig legten sie ihn in den Rettungswagen. Zwei seiner Freunde sprangen hinein, und die blaue Sirene heulte auf. Sie bahnte sich den Weg durch die schwatzende Menge, vorbei am Kanabe-Speisesaal des Wohnheims und den Lesesälen, vorbei an den Tischen der Cafeteria, worauf noch immer kalte, halbaufgegessene Bohnen und Yams lagen, bis sie vor der Tür des Präsidenten der Studentenunion stand.

Sie pochte an die Tür, und eine barsche Stimme forderte sie auf einzutreten. Der Präsident der Studentenunion lag von Kissen umrahmt auf seinem Bett, las einen Roman von Harold Robbins und schob sich löffelweise Reis in den Mund. Er erhob sich und zog für sie einen Stuhl hervor.

«Ich würde sie ja einladen, an meiner Mahlzeit teilzuhaben, aber ich weiß, es würde ihnen kotzübel davon. Was ist das Problem, Dr. Linda? Sie sehen ja aus, als hätte Sie ein Geist heimgesucht.»

«Wie können Sie sich Präsident der Studentenunion nennen und nicht wissen, was hier vorgeht? Hören Sie nicht den

Tumult um Sie herum? Sie liegen auf Ihrem Bett, schaufeln sich Reis rein, während in Ihrem eigenen Wohnheim beinahe ein Student ermordet worden wäre.»

«Ach, das? Das ist ein Krieg zwischen den Pavianen und den Affen. Ein Streit der Tiere. Da sollten keine menschlichen Lebewesen hineingezogen werden.»

«Hören Sie doch auf mit Ihrem Sarkasmus. Was ist hier los?»

«Madam Heimvorsteherin, das ist ein Kultkrieg zwischen den Schwarzen Äxten und den Messer-Stars.»

«Donnerwetter. Ein kultischer Krieg! Der Junge war buchstäblich in Einzelteile zerlegt. Ich bezweifle, ob er es diese Nacht noch macht.»

«Der Bursche ist der hiesige Anführer der Messer-Stars. Sparen Sie sich Ihr Mitleid. So unschuldig, wie der aussieht, ist er nicht. Die Schwarzen Äxte haben ihn aus Rache angegriffen, weil seine Gruppe während deren letzter Einführungszeremonie überraschend angegriffen und den Tod eines Neumitglieds verursacht hat.»

«Was? Und warum sind die verantwortlichen Gremien der Uni nicht davon in Kenntnis gesetzt worden?»

«Dr. Linda, in der richtigen Welt rennen richtige Männer ja auch nicht heim zur Mutti, wenn sie Streit haben. Worüber wir hier reden ist ein Krieg auf dem Campus, die Mafia der Studenten. Der Student, der angeblich vor zwei Wochen an einem Asthmaanfall gestorben ist, gehörte den Schwarzen Äxten an. Die Messer-Stars haben ihren Schlupfwinkel gestürmt und sie mit Messern, Steinen und Reitpeitschen angegriffen. Ihre Anführer feuerten mit Gewehren in die Luft.»

«Auf dem Campus?»

«Sie sind darüber erstaunt? Auf dem Campus werden bedeutende Kriege ausgetragen, und wenn man nicht in die Kämpfe hineingezogen werden möchte, muß man sich an gewisse Grundregeln halten. Tony hat eine wesentliche verletzt. Er hat sich an die Freundin eines Häuptlings der Schwarzen Äxte herangemacht. Ich denke, ihm ist die Macht zu Kopf gestiegen. Das Mädchen hat ihn abblitzen lassen und ihrem Freund Bericht erstattet. Der hat seine Jungs dazu gebracht, Tony eine freundliche Warnung zukommen zu lassen. Sie verprügelten seinen Leibwächter und sandten ihm eine Botschaft, die aus nur zwei Worten bestand: «Verzieh dich!»

«Das nehme ich Ihnen nicht ab, Ihre Geschichte klingt zu absurd. All die Jungs hier, so sanft, nett, liebenswürdig, freundlich und...»

«...sehr unversöhnlich, Dr. Linda, äußerst unversöhnlich. Wie dem auch sei. Tony fühlte sich beleidigt und beschloß, zum Angriff überzugehen. Sie überraschten die Schwarzen Äxte auf dem Höhepunkt ihrer Einführungszeremonie, als die Neulinge eine Schale mit Wasser trinken sollten, das mit eigenen Blutstropfen und denen ihrer neuen Brüder vermischt wurde. Als Tony und seine Jungs hereinplatzten, erfaßte einen der Burschen panische Angst, er verschluckte sich, was schließlich den Asthmaanfall auslöste.

Bedauerlicherweise trug er seine Medizin nicht bei sich. Bevor man sie ihm bringen konnte, war er gestorben. Die Schwarzen Äxte schworen furchtbare Rache und warteten auf den richtigen Zeitpunkt. Als es soweit war, spürten sie Tony in seinem Palast auf.»

«Palast?»

«Madam, jeder Häuptling hat einen Palast, einen Raum, wo er auf dem Campus Hof hält. Dort pflegt er seinen Umgang, wird konsultiert und umgarnt. Die Späher der Schwarzen Äxte stellten sicher, daß die an diesem Tage diensthabenden Leibwachen Burschen waren, mit denen sie leicht fertig werden würden, und gaben das Signal. Sieben stramme Schwarze Äxte stürmten Tonys Palast. Seine Wachleute und seine Freundin rannten um ihr Leben, während Tony erfuhr, was Gelatine-Knochen sind.»

«Die knochenbrechende Prügel, die sie ihm verpaßt haben?»

«Ja, Ma'am, Sie begreifen schnell... Tonys Freundin und die Jungs von der Wache alarmierten einige Studenten. Als die aufgebrachten Studenten den Raum stürmten, flohen die Schwarzen Äxte, doch fünf von ihnen wurden gefaßt.»

«Wo sind sie jetzt?»

«Man hat sie der Sicherheitspolizei des Campus übergeben.»

Draußen schwoll das Geschrei allmählich zum Crescendo an. Sie spähte hinaus und beobachtete, wie die Studenten Äste von den Bäume abhackten und sie Waffen gleich über ihren Köpfen schwenkten. Sie stimmten ihren Kriegsruf an: «We no go gree o, we no go gree o, Great OTI, we no go gree.» Sie wandte sich wieder dem Präsidenten der Studentenunion zu, mutlos geworden hielt sie sich krampfhaft an der Tischplatte fest. Ihre schwarzen Augen trafen seine dunkelbraunen. Ruhig erklärte er ihr: «Madam, wir haben eine Krise am Hals.»

Die Studenten begannen, gegen die Tür zu hämmern: «Komm raus, Präsident, komm raus, Präsident. Wir wollen Action, Aluta continua. Jetzt reicht's. Schluß mit den Kulten auf dem Campus...» Er öffnete die Tür und ging hinaus. Die Heimvorsteherin folgte ihm. Die Studenten riefen weiter in ohrenbetäubender Lautstärke: «Wir wollen Taten sehen, wir wollen Action.»

Beschwichtigend sprach er: «Great OTI, beruhigt euch.»

Die Studenten antworteten mit einem schallenden: «Nein.»

«Great OTI, beruhigt euch.»

«Nein.»

Die Heimvorsteherin machte eine beschwichtigende Handbewegung und rief aus vollem Hals: «Die Verantwortlichen der Universität sind sich des bedauerlichen Vorfalls bewußt. Der Angelegenheit wird nachgegangen. Ein Ausschuß wird einberufen, und alle Schuldigen werden belangt.»

Die Studenten brüllten: «Nein, wir wollen Taten sehen, Action sofort. Wir wollen Action!»

Unbeirrt fuhr sie fort: «Laßt dem Recht seinen Lauf. Die Leitung der Universität wird in dieser Angelegenheit so schnell wie möglich entscheiden.»

Einige Studenten bückten sich und zerrten den Präsidenten der Studentenunion auf ihre Schultern. Jemand drückte ihm einen Ast in die Hand, und sie brausten auf wie eine Meereswoge, die über dem Campus niederging.

Die Heimvorsteherin kehrte in das Zimmer des Präsidenten zurück. Sie zog die Tür hinter sich zu, verriegelte sie und schloß die Fenster. Wie eine eingesperrte, ihrer Jungen beraubte Löwin lief sie im Raum auf und ab und hörte, wie Glas splitterte und Flaschen zerbrachen. Sie hoffte, daß es keine Menschenleben kosten würde, und fürchtete, daß ihr auf dem Parkplatz des Wohnheims abgestelltes Auto nicht verschont bleiben würde...

Nach einer Weile, die wie eine Ewigkeit erschien, fühlte sie eine Ruhe nach dem Sturm, und sie öffnete die Fenster, frische, belebende Luft strömte herein und trug die gedämpften Stimmen der Studenten mit sich. Sie öffnete die Tür und sah, wie sich ein Mädchen mit einem wuchtigen Koffer abmühte. «Warum haben Sie Ihre Sachen gepackt?»

«Die Universität ist geschlossen», entgegnete das Mädchen. «Die Studenten sind zum Haus des Vizekanzlers gezogen. Dort haben sie das Tor niedergerissen und die Blumenbeete zertrampelt. Den Vizekanzler und seine Familie haben sie in der Toilette eingesperrt. Sie haben seine Küche geplündert und wertvolle Einrichtungsgegenstände zertrümmert. Der Leiter des Studentensekretariats hat den Militärgouverneur angerufen, der einen Trupp Soldaten schickte, um den Studentenprotest zu beenden.»

«Oh, mein Gott.»

«Wie verrückt gewordene Racheengel schossen die Soldaten mit Tränengas auf die Studenten. Die Studenten machten ihrerseits mobil, tränkten ihre Taschentücher in Kerosin, um die Wirkung des Tränengases zu neutralisieren. Sie hoben nicht explodierte Tränengas-Granaten auf und warfen sie zurück auf die Soldaten. Und dann eröffneten die Soldaten das Feuer auf die Menge. Es war teuflisch, wie die Kugeln auf die Studenten niedergingen. Es regierte die Hölle. Studenten stürzten wie Hagelkörner in den Dreck. Sie flohen in alle Richtungen. Gekreische und Gejammer, Tränen und Blut. Es war so furchtbar. Wie können Soldaten auf wehrlose Studenten schießen, die nur mit Knüppeln und ihrem Mut bewaffnet sind?»

Für einige Momente lehnte sich Dr. Linda erschöpft an den Türrahmen und schloß die Augen. Dann zog sie langsam die Tür hinter sich zu und begab sich zum Parkplatz, vorbei an der Cafeteria, deren Tische noch immer mit dreckigen Tellern beladen waren, vorbei an den Lesesälen, am Kanabe-Speisesaal...

Auf dem Weg entdeckt sie etwas Eisernes, Rundliches und Spitzzulaufendes im Gras. Sie betrachtet es sehr genau, erkennt, was es ist. Sie hebt die Kugel auf.

Die Braut

Yelema stand gerade vor dem väterlichen Compound, als Papa Waire auf seinem Raleigh-Rad zu Besuch kam. Seine Kleider flatterten im Wind, und ein breites Lächeln pflasterte sein Gesicht. Sie kniete nieder, um ihn zu grüßen, und ihre kleinen Brüder umschwärmten das Fahrrad, bewunderten die kunterbunten Bällchen, die die Speichen der Räder zierten, und die Troddeln an der Lenkstange. Er legte eine flotte Bremsung hin, stieg vom Rad, berührte liebevoll Yelemas Schultern und trat ein, um ihren Vater zu treffen.

«Yelema, Yelema komm und bring den Palmwein, den ich am Fußende des Bettes stehen habe», hörte sie ihre Mutter rufen. Sie lief ins Haus, griff die Kürbisflasche mit dem Palmwein, nahm zwei von den guten Gläsern ihrer Mutter und stellte sie vor die Männer. Ihr Vater und Papa Waire strahlten sie liebevoll an. Sie goß den Wein in die Gläser und verließ den Raum.

Sie ging in die Küche, zerrte die Eisenaxt heraus und begann, Holz für den nächsten Tag zu hacken. Ihr Bruder Onome kam angerannt. «Yelema, Yelema, nächste Woche wirst du verheiratet. Ich habe gehört, wie Papa und Papa Waire darüber geredet haben. Du wirst verheiratet. Papa Waire will dich heiraten.» Ein Holzscheit sprang ihm gegen die Nase, als er auf einem Fuß auf sie zu hüpfte. Yelema ließ die Axt niedersinken und lief zu ihrer Mutter, die gerade in der Küche Suppe kochte. «Mama, Mama, Onome erzählt, er habe gehört, daß Papa sagt, ich würde mit Papa Waire verheiratet, nächste Woche, ist das wahr?»

«Es ist wahr, meine Tochter. Ich wollte es dir heute abend sagen. Die gute Nachricht, die dir viel Freude bereiten soll. Papa Waire ist ein guter Mann. Er hat eine große Kautschukfarm und ein Steinhaus. Dir wird es an nichts mangeln, er wird für dich sorgen.»

«Aber Mama, die meisten seiner Kinder sind älter als ich! Er hat sogar schon mehrere Enkel. Er ist ein alter Mann.»

«Meine Tochter, du bist kein Kind mehr. Jetzt bist du eine Frau, vor fünf Monaten hast du das erste Mal dein Blut gesehen. Für dich wird es Zeit zu heiraten, und Papa Waire ist ein guter Bräutigam. Er wird nett zu dir sein und dich gut behandeln, wie seine eigenen Kinder.»

Yelema drehte sich auf dem Absatz um und hockte sich unter den Bananenstrauch hinter der Küche. Die Vögel, die hier ihr Nest hatten, waren davongeflogen, als sie näherkam. Irgend etwas raschelte unter den abgefallenen Bananenblättern. Vielleicht war es eine Schlange, doch sie war viel zu verwirrt, um sich zu fürchten.

Sie war groß, groß für ihr Alter, sie war gerade zwölf Jahre alt geworden. Es schien, als sei sie zu groß für das Haus ihres Vaters, und vielleicht wollte er sie deshalb verheiraten. Während ihre Spielkameradinnen noch mit nacktem Oberkörper herumliefen, hatte sie schon ihr Tuch übergestreift, um ihre reifenden Brüste zu bedecken. Ihre Hüften begannen sich zu weiten, und ihre Mutter erklärte ihr, das sei gut, um Kinder zu gebären. Sie hob einen kleinen Zweig auf, um ihre Zehennägel zu reinigen. Sie versuchte, ihrer Angst die Stirn zu bieten, doch war sie noch viel zu sehr Kind, konnte nicht die passenden Fragen stellen, nicht ihre Möglichkeiten abschätzen.

Sie versuchte, sich vorzustellen, was es bedeuten könnte, eine Ehefrau zu sein. Alles, was ihr einfiel, war Kochen, Waschen, Putzen und ein Mann, der nachts etwas in dich hineinsteckt. Was da nachts in Frauen hineingesteckt wurde, wußte sie nicht. Einmal hatte sie davon gehört, als ihre Tante, Mama Porgi, sich bei ihrer Mutter beschwert hatte, daß ihr Mann es jede Nacht hineinstecken wollte. Sie wußte nur, daß Ehefrauen kochten, putzten und Babys bekamen, weil ihre Mutter und ihre Großmutter gekocht, geputzt und Babys bekommen hatten.

Sie reinigte ihre Fingernägel, und ihr wurde klar, daß sie nun nicht mehr mit ihren Freudinnen auf den Straßen des Dorfes im Schein des Vollmondes spielen würde. Sie dachte über Papa Waire nach. Sein Fahrrad bewunderte sie. Es war blank und neu, und die Bälle an den Speichen drehten sich in einer wahren Galaxie der Farben, wann immer er vorübersauste. Aber sie hatte Angst, ihn zu heiraten. Er war ein alter Mann. Er lächelte sie immer nett an, aber alte Leute starben. Was wäre, wenn er bald sterben würde? Und was würde sie tun, wenn er versuchen würde, etwas in sie hineinzustecken?

«Yelema, Yelema komm raus aus dem Bananenhain.» Ihre Mutter kannte ihr Versteck.

«Komm raus und bringe deinem Vater das Essen.»

Sie stand auf, schüttelte das Gras von ihrem Tuch und folgte dem Wunsch ihrer Mutter.

Diese betrachtete ihre Tochter, als die sich bückte, um das Tablett mit dem Essen für den Vater zu nehmen. Ihre Gedanken waren der Mutter nicht fremd. Sie verstand ihre Ängste, denn auch ihr Vater hatte sie damals jung verheiratet. Doch sie spürte, ihre Tochter hatte ein besseres Los gezogen. Sie würde mit einem weit älteren Mann verheiratet sein, ein Mann, der wegen seiner Güte und Großzügigkeit einen guten Ruf genoß. Seine beiden anderen Frauen waren ziemlich alt. Sie würden sie wie ihre Tochter, nicht wie eine Rivalin betrachten.

Als sie damals ihren Mann, Yelemas Vater, heiratete, war dieser ein Heißsporn in den Dreißigern, und die ersten Ehejahre waren stürmisch gewesen. Er trank gerne, und wenn er betrunken heimkam, hatte er sie geschlagen. Der Nachtwächterjob im Staatlichen Gesundheitszentrum brachte nie genug Geld fürs Essen, und weil er fast jeden Tag damit verbrachte, seinen Rausch auszuschlafen, brachte auch das Ackerland der Familie nur wenig Eßbares hervor. Jede seiner Frauen mußte selbst für ihre Kinder sorgen. Sie mußte hart arbeiten, früh aufstehen und meilenweit auf den von Tau feuchten Pfaden zu den wenigen Kautschukbäumen marschieren, die ihr Vater ihr hinterlassen hatte. Sie prüfte jede der Blechdosen, die an den Bäumen befestigt waren, und goß den weißen Latexsaft, der während der Nacht von den Bäumen herabgeflossen war, vorsichtig in einen eisernen Eimer. Sie eilte heim, balancierte den Eimer auf dem Kopf, bemüht, nicht einen Tropfen des Saftes zu vergießen.

Sobald sie zu Hause war, goß sie den Saft in die eingefettete Form hinter der Hütte und ließ ihn von der Sonne härten. Dann entzündete sie ein Holzfeuer und röstete ihr feuchtes Cassavamehl in einer großen eisernen Pfanne. Alle vierzehn Tage verkaufte sie ihre Kautschukplatten an den Aufkäufer der «Warri-Company». An jedem Markttag verkaufte sie geröstetes Cassavamehl und geräucherten Fisch. Um den zu beschaffen, begab sie sich einmal im Monat auf die Reise zum Markt von Okere.

Die erste Frau ihres Mannes wurde nicht müde, sich aufzuspielen, mit ihren Freundinnen zu tratschen und sich mit ihren fünf Söhnen zu brüsten. Yelemas Mutter hatte nur zwei bekommen. Zwei Söhne, drei Töchter. Leute von «Youth Corps», die im Auftrag der Regierung in der Schule gegenüber lebten und unterrichteten, waren vor drei Monaten bei ihr gewesen und hatten Familienplanung gepredigt. Sie waren eigentlich gekommen, um geröstete Erdnüsse zu kaufen, als sie sich plötzlich übergeben mußte. Sie waren in alle Richtungen auseinander gelaufen und dann vorsichtig zurückgekehrt.

«Was ist los, Mama Yelema?»

«Setz dich erstmal hin, warst du schon beim Arzt?»

«Ich nich krank, ich krieg nur Kind.»

«Aber du hast doch schon fünf.»

«Du arbeitest so hart, versuchst deine Kinder durchzufüttern. Du mutest dir zu viel zu. Geh zur Krankenschwester im Gesundheitszentrum und laß dich über Familenplanung beraten.»

«Was Familienplanun? Ihr woll mir den Bauch abschnüren? Niemals. An mei Kind kommt nie!»

«Mama Yelema!»

«Ich bitt, laßt mich in Ruh, jeder der sagt, ich soll kein Kind mehr haben, kriegt's zu tun mit mir.»

Angesichts dieser streitbaren Haltung zogen sie still davon. Wie konnte sie ihnen klarmachen, daß Söhne entscheidende Argumente am Verhandlungsstisch einer Ehe waren? Je mehr Söhne, desto mehr Sicherheit für sie und desto besser ihr

Ansehen im Haus und im Dorf. Töchter werden verheiratet. Sie werden in eine andere Familie gegeben. Aber Söhne bleiben dir, sind die Wahrer des väterlichen Hofes, Prägestempel mütterlicher Präsenz, sind Bananentriebe, die den alten Strauch ersetzten, wenn er abgestorben ist. Sie brauchte mehr Söhne. Je mehr Söhne sie haben würde, desto mehr Siege würde sie erringen im stillen Duell mit der ersten Frau um Einfluß in der Familie ihres Mannes.

In dieser Nacht, als sich ihre Tochter auszog, um ins Bett zu gehen, klopfte sie ihr auf die Schulter und sprach: «Mach dir keine Sorgen, sei einfach ein gutes Mädchen, du wirst dich schon an die Ehe gewöhnen.»

Yelema wußte nicht, was sie antworten sollte. Sie hatte Fragen im Sinn, doch Kinder haben ihren Eltern keine Fragen zu stellen. Sie legte sich auf ihre Matte und versuchte zu schlafen...

Sie war so wund zwischen den Schenkeln, das Gehen fiel ihr schwer, sie wankte, neigte sich zur Seite und verlagerte fast ihr gesamtes Gewicht auf das rechte Bein. Eines Abends vor drei Wochen war Papa Waire mit Leuten aus seiner Familie zu ihrem Vater gekommen.

Sie kamen mit Kürbisflaschen voll Palmwein und einem Umschlag mit etwas Geld. Und Papa Waire hatte sie als seine Frau mit heimgenommen. In dieser Nacht, als er dieses Ding in sie hineinsteckte, hatte sie vor Schmerz aufgeschrien, so hatte es gebrannt. Und er hörte nicht auf. Sie konnte die beiden älteren Ehefrauen im Nebenraum kichern hören. Sie weinte, als sie ihr Blut sah, das ihn stolz zu machen schien. Vor zwei Tagen stellte sie fest, daß Urin aus ihr tropfte. Sie lief zur Latrine, preßte ihre Muskeln zusammen und versuchte, allen Urin loszuwerden. Während der nächsten Tage tropfte sie weiter. Sie stopfte Lumpen in ihren Körper und versuchte, sich mit dem antiseptischen Dunst von Zwiebeln zu umgeben. Die älteren Ehefrauen schnüffelten mißtrauisch. Am liebsten wäre sie nach Hause zu ihrer Mutter gelaufen.

Als sie sich herabbeugte, um ihrem Mann Wasser einzuschenken, wurde sie von dessen ältestem Sohn betrachtet, der in der Stadt lebte, seinen Vater besuchte und sie fragte: «Alles in Ordnung?» Ihr Ehemann zeigte seinem Sohn stolz die hennafarbenen Hände und Füße des Frischvermählten, berührte ihren Oberschenkel und sprach zu seinem Sohn: «Dis is mei neue Frau.»

Die Party

«Gbemi, du brauchst doch diese alberne Kopfbedeckung nicht. Wir besuchen nicht den Präsidenten, wir gehen nur zur Party eines Ijebu-Mannes.»

«Ein Grund mehr, meinen Kopfschmuck in Ordnung zu bringen. Die Ijebus sind berühmt für ihre Partys.»

Sie blickte in den Spiegel ihres Ankleidetisches, umrandete ihre Augen mit einem Kohlestift und fuhr fort: «Ich habe gehört, daß sie vor einer Party immer sparen, damit sie sicher sein können, daß man sie nie ohne Geld für Essen, Trinken und Kleider erwischt.»

Ihr Mann lachte.

«Du solltest nichts auf dieses Gerede geben. Außerdem war Tayo schon immer ein bescheidener Typ. Ich glaube nicht, daß er sich so verausgaben würde.»

«Bei einem Ijebu-Mann kann man nie wissen.»

«Madam, du bist schön genug. Wir sind spät dran. Können wir jetzt gehen?«

Er trat zum Spiegel und zog sie weg, dabei hätte er beinahe ihre Kopfbedeckung in Unordnung gebracht. Sie gingen hinaus zum Auto, und als sie die hintere Tür öffnen wollte, sagte er: «Ich fahre.»

Überrascht sah sie ihn an. «Aber du bist sehr lange nicht gefahren. Du sagtest, du wolltest nicht mehr selbst fahren, seitdem wir den Chauffeur haben... Wo ist er überhaupt?»

«Ich habe ihm heute freigegeben. Steig ein und laß uns fahren. Keine Sorge. Du kannst meinen Fahrkünsten schon noch vertrauen.»

Sie glitt neben ihn auf den Beifahrersitz und schnallte sich an. Die rote Erde leuchtete auf beiden Seiten der Straße. Autos rasten vorbei. Schon bald erklang laut die Sirene der Federal Road Safety Corps an diesem heißen Morgen. Sie jagten hinter den rasenden Fahrzeugen her. Ein zweiter Mannschaftswagen überholte sie, und zusammen bildete er mit den anderen Autos die Spitze eines Konvois.

«Wegen dieser Typen kommen wir noch zu spät.»

«Besser zu spät als nie. Sie kontrollieren nur die verrückte Raserei. Die Straße ist buchstäblich zur Todesfalle geworden. Letztes Jahr an Weihnachten sind zwanzig Leute in den Fluß gestürzt, als ihr Bus sich wegen überhöhter Geschwindigkeit auf der Brücke, an der wir gerade vorbeigefahren sind, überschlagen hat. Wie dem auch sei, es ist eine Party. Es spielt doch keine Rolle, wann wir dort ankommen.»

«Tayo legt großen Wert auf Pünktlichkeit. Ich habe ihm versprochen, um zwölf Uhr mittags da zu sein.»

«Das ist eine ziemlich ungewöhnliche Zeit. Die meisten Wochenendpartys fangen um vier Uhr nachmittags an. Bist du sicher, daß du die Uhrzeit richtig verstanden hast?»

«Ganz sicher.»

Der Duft wilder Blumen erfüllte die Luft. Silberreiher und Habichte erhoben sich von ihrem Felsenthron, ihre Flügel flatterten in den Wellen des Windes. Die Dorffrauen verkauften am Straßenrand frische Erzeugnisse ihrer Farmen und suchten unter den stämmigen Ästen der Bäume Schutz vor der Sonne. Die Landschaft glich einem lebendig gewordenen Kunstwerk.

Mütter banden ihre Babys auf den Rücken, Autofahrer hielten am Straßenrand, um rote Tomaten zu kaufen, braune Yams, weißes Cassavamehl, gelbe Ananas, grüne Bananen, Bündel von beigefarbenen und dunkelvioletten Zwiebeln. Emeka bog ab von der Schnellstraße auf eine staubige Nebenstraße. Sie führte tief in einen Wald. Langsam manövrierte er das Auto über die Unebenheiten, versuchte, den Schlaglöchern auszuweichen, wo die Erosion die Straße zerfressen hatte.

«Bist du sicher, daß wir uns nicht verfahren haben?«

«Ganz sicher.»

Das Auto wurde gerüttelt und geschüttelt. Sie konnte den Tee, den sie heute morgen getrunken hatte, in ihrem Bauch gluckern hören.

«Emeka, dieses Auto braucht wirklich neue Stoßdämpfer. Meine Kopfbedeckung fällt gleich herunter. Ich verstehe nicht, warum diese Ijebus soviel Geld für Partys ausgeben und die Straße, die in ihre Stadt führt, in so einem fürchterlichen Zustand lassen können.»

Emeka erwiderte nichts. Der Weg wurde immer schmaler. Schon bald streiften das hohe Gras und die Sträucher neben der Straße das Auto, darunter raschelten die Pflanzen. Sie spürte das Kratzen unter ihrem Sitz. Sie kurbelte das Fenster herunter und wandte sich aufgebracht an Emeka.

«Sind wir auf der richtigen Straße?«

«Sei ruhig, sonst kann ich mich nicht konzentrieren.»

«Du bringst mich mitten in diese gottverlassene Gegend wegen der Party irgendeines komischen Ijebu-Mannes, und ich darf nicht einmal Fragen stellen?«

Emeka ignorierte sie. Schon bald gelangten sie an eine kleine kreisrunde Lichtung und hielten vor einer Lehmhütte. Emeka zog den Schlüssel ab und händigte ihr ihn instinktiv aus. Er kurbelte das Fenster auf seiner Seite hoch und sagte: «Steig aus, Madam, wir sind da.»

Sie schaute sich um. Sie sah nur Bienen in der Sonne summen und die Lehmhütte am Rande der Lichtung. Keine Stühle, keine Tische, keine Sonnendächer, kein Essensgeruch in der Luft und kein anderes menschliches Wesen außer ihrem Mann und ihr selbst.

«Emeka, soll hier die Party stattfinden? Warum ist alles so ruhig, wo sind die alle? Ist dies das Haus deines Freundes, hier gibt es doch keinerlei Anzeichen einer Party?»

«Madam, warum steigst du nicht aus und findest es selbst heraus, anstatt sitzenzubleiben und mir Fragen zu stellen.»

Er verließ das Auto, schlug die Tür auf seiner Seite zu, ging nach hinten und begann, mit den Fingern ungeduldig auf den Kofferraum zu trommeln. Er wartete darauf, daß sie ausstieg. Als sie endlich herauskam, ordnete sie erst einmal ihre Kopfbedeckung. Sie schnupperte vergeblich in der Luft, wo war der Duft nach Jolof-Reis und gebratenem Fleisch? So stand sie einen Moment lang, bog ihre Zehen in ihren hochhackigen Sandalen und ging zu ihrem Mann. Der lächelte sie an und führte sie zur Lehmhütte. An den Wänden der rechteckigen Hütte waren horizontal gezeichnete Kreidelinien zu erkennen. Alles wirkte sehr gepflegt. Der Eingangsbereich war gerade gefegt worden. Als sie näherkamen, konnte sie das Zickzack-Muster erkennen, das der Besen in der rote Erde hinterlassen hatte. Entlang der Mauern schien sorgfältig mit der Hand das Unkraut gejätet worden zu sein. Die Ruhe bereitete ihr Unbehagen. Niemand kam heraus. Ihr Mann öffnete die Tür und schob sie sanft hinein.

Als sie eintrat, umfing sie Dunkelheit. In der Hütte war es düster. Falls es Fenster gab, waren sie nicht zu erkennen. Weil sie von draußen aus der gleißenden Helligkeit kam, machte die Dunkelheit sie blind. Als ihre Augen sich daran gewöhnt hatten, sah sie zwei Schattenfiguren in zwei großen Armsesseln in der Mitte des Raumes sitzen. Die beiden Figuren kamen in Bewegung, als ihr Mann die Tür hinter ihnen schloß. Zwei Stimmen sprachen: «Willkommen.» Eine war die eines alten Mannes, ziemlich heiser. Die andere klang nach einer Frau mittleren Alters. Die Stimme des Mannes wiederholte: «Willkommen, mein Sohn. Wir haben euch erwartet.» Ihr Mann erwiderte: «Es tut mir leid, Baba, aber es gab einen Stau unterwegs.»

Niemand bot ihr einen Platz an. Und ganz gewiß sah das hier nicht nach einer Party aus. In diesem Raum war es unheimlich ruhig. Nur das sanfte Licht einer Petroleumlampe glühte in der Dunkelheit. An der Wand dem alten Mann und der Frau gegenüber stand eine lange Bank und vor ihnen ein massiver Holztisch. Die Frau trug eine grüne Bluse und ein grünes Tuch, außerdem eine Halskette aus Kaurimuscheln. Der Oberkörper des alten Mannes war nackt, ein dickes weißes handgewebtes Tuch bedeckte die untere Hälfte seines Körpers. Er trug ebenfalls eine Halskette und Armbänder aus Kaurimuscheln. Der Mann und die Frau starrten sie immer noch an. Sie bekam weiche Knie.

Sie drehte sich um zu ihrem Mann, wollte ihm sagen, daß er sie bitte sofort hier herausbringen sollte, aber ihre Zunge wollte ihr nicht gehorchen. Sie öffnete den Mund, aber er schnappte sofort wieder zu, als ob jemand ihr ein riesiges Vorhangschloß durch die Lippen gebohrt hätte. Sie hob den Blick und mußte feststellen, daß das Paar sie nach wie vor anstarrte.

Ihr Mann kniete vor dem alten Mann. Sie beschloß, auf der Bank Platz zu nehmen. Als sie sich hinsetzte, spürte sie plötzlich etwas Warmes, Flüssiges, Glitschiges zwischen ihren Beinen strömen. Das konnte nicht ihre Periode sein, dachte sie. Sie hatte doch gerade fertig menstruiert, vor zwei Wochen, und ihr Achtundzwanzig-Tage-Zyklus war so regelmäßig wie der Sonnenaufgang. Sie hoffte inständig, daß es nicht ihre Periode war. Und wußte doch, daß sie es war. Sie kündigte sich immer auf die gleiche Weise an. Etwas Warmes, Flüssiges, Glitschiges lief ihr die Beine herunter. Sie haderte damit, daß es sie vollkommen überraschend getroffen hatte und sie weder Binden noch Tempotaschentücher oder Tampons dabei hatte. Sie hatte Angst, daß ihr cremefarbener Buba Flecken bekam.

Sie wollte gerade aufstehen, um genauer nachzusehen, als der Alte plötzlich ihren Mann anherrschte. «Warum hast du sie mitgebracht?»

«Baba, sie ist perfekt für unsere Zwecke. Ich habe sie dir beschrieben, und du hast gesagt, sie sei perfekt für das Ritual. Sie ist eine enge Verwandte. Sie ist meine Frau.»

«Ja, mein Sohn, ich weiß, daß sie deine Frau ist, aber sie blutet. Wir können sie nicht gebrauchen. Du hast meine Zeit vergeudet. Als du das letzte Mal hier warst, habe ich dir ausdrücklich gesagt, daß du keine Frau mitbringen sollst, die ihr monatliches Zeug hat. Die Medizin funktioniert dann nicht. Es wird alles neutralisieren.»

«Baba, sie blutet nicht, ich kenne ihren Zyklus. Sie ist meine Frau. Sie hat erst vor zwei Wochen ihre Menstruation gehabt.»

«Du wagst es, mir zu widersprechen, Junge? Ich habe jahrelang selbst Medizin gemacht. Ich brauche sie nicht auszuziehen. Ich weiß, ob eine Frau blutet, wenn ich sie sehe.»

Wie ein schwerer Ast, der mit lauten Knall auf die Erde fällt, wurde ihr schlagartig klar, daß ihr Mann sie hierher gebracht hatte, um sie zu opfern. Im selben Moment fiel ihr ein, daß sie die Autoschlüssel bei sich trug. Ihr Hirn arbeitete fieberhaft. Sie sah ihren Mann und das Paar. Sie stritten noch heftig. Heimlich, still und leise schlüpfte sie aus ihren hochhackigen Sandalen. Sie sprang auf die Füße, rannte zur Tür.

Verzweifelt krallten sich ihre Nägel ins Holz, sie drehte den Türknopf, stieß die Tür auf und rannte hinaus zum Auto. Mit feuchten Händen suchte sie aufgeregt nach dem Schlüsselloch, als sie sah, wie Emeka ihr folgte, ihr Tod war ihm deutlich ins Gesicht geschrieben. Sie öffnete die Tür, schlug sie zu, schloß mit der Zentralverriegelung ab und fingerte am Zündschloß herum. Emeka war jetzt am Auto, riß an der Tür auf ihrer Seite. Das Schloß hielt stand. Er hämmerte gegen das Fenster. Das Glas zersplitterte. Als er sich auf ihren Hals stürzte, riß sie ihren Kopf herum und ließ den Motor an. Das Auto heulte wütend auf und machte einen Satz nach vorne in die Richtung des schmalen Pfades.

Weißer Liebling

Ich werfe einen Blick in den Rückspiegel und sehe sie plötzlich heranschlendern. Oh Gott... es gab keine Möglichkeit, mein Auto aus dem Stau herauszumanövrieren. Aus der zweispurigen Straße war eine vierspurige geworden. Hastig blicke ich um mich, um herauszufinden, wie ich mich möglicherweise noch schnell verstecken könnte. Ich nehme meine Baseballkappe vom Rücksitz und zwänge sie mir auf den Kopf. Ich zerre meine Sonnenbrille aus dem Handschuhfach und setze sie auf. Ungestüm kurbele ich die Autofenster hoch, dabei ist es doch dermaßen heiß, die Hitze könnte fast eine Tasse Kaffee aufbrühen.

Ich ducke mich in meinem Autositz und, wie in einem Spielfilm, der in Zeitlupe abläuft, beobachte ich, wie sie ganz langsam an meinem Auto vorbeischreitet. Mein Brustkorb weitet sich wieder, wie ein Ballon, der widerwillig Luft freigibt. Sie trägt eine alte, verblichene Jacke, unter den Armen zerfetzt und an den Ellenbogen durchlöchert. Ihre verwaschene Jeans weist alle erdenklichen Risse auf, und ihre Tennisschuhe haben vollständig die Farbe von Ruß angenommen.

Vor meinen Augen stiegen die Bilder unserer letzten Begegnung auf. Nkechi, meine Klientin, war auf der Suche nach einem Zwei-Zimmer-Apartment in Surulere. Keines von denen, die ich ihr bis dahin gezeigt hatte, hatte ihr zugesagt.

Manchmal war mir das Dasein als Immobilienmakler wirklich zuwider, es war so mühsam, die passenden Apartments zu finden, und manche Klienten behandelten mich mit derartiger Geringschätzung, sie trugen ihre Nasen ganz oben und sprachen ein Englisch, als ob sie den Weg zur Toilette nicht kennen würden. Immobilienmakler, so heißt es, sind gerissen und allesamt Lügner. Die Leute erzählen Geschichten, wie einige ihrer Bekannten Geld an einen Immobilienmakler verloren haben. Wissen sie nicht, daß es Schweine in jedem Beruf gibt?

Ich hatte ein Apartment gefunden, von dem ich annahm, daß es ihr gefallen würde. Der Vermieter erklärte, sein Sohn wohne noch bis Ende der Woche darin, aber wir könnten vorbeischauen und es uns ansehen. Nkechi muß ziemlich lange arbeiten, sie arbeitet in einer Bank, und wir konnten uns erst um neun Uhr abends dorthin begeben. Wir besichtigten das Apartment. Nkechi gefiel es sehr gut, der Sohn des Vermieters war sehr freundlich und lud uns ein, etwas mit ihm zu essen. Wir schlugen die Einladung aus, sagten, wir müßten schnell weiter. Plötzlich hörten wir den Perlenvorhang klimpern. Nkechi schrie auf, als eine völlig nackte Frau auf sie zukam. Ich packte Nkechi, und wir rannten zur Tür. Die Frau lief hinter uns her und hielt Nkechi an der Taille fest. Glücklicherweise trug sie eine Shorts. Für wenige Sekunden war der Sohn des Vermieters wie gelähmt. Ich befreite Nkechi und schob sie hinaus. Ich drehte mich um, um die Frau festzuhalten und Nkechi mehr Zeit zu geben davonzukommen. Der Sohn des Vermieters hatte sich wieder gefangen und half mir, sie auf den Boden zu drücken. Sie schien die Kraft von zehn Männern zu besitzen. Wir hielten sie auf dem Boden fest, und voller Ärger und Angst rief ich dem Sohn des Vermieters zu: «Wer ist diese Verrückte.»

Tränen liefen über sein Gesicht, und er entgegnete leise: «Das ist meine Freundin, ihr Name ist Bimbo, sie ist drogenabhängig.» Wir schafften sie in einen Raum und sperrten die Tür ab. Ich verließ das Haus, ihr obzönes Geschrei noch im Ohr. Nkechi verzieh mir niemals das, was sie den Schrecken ihres Lebens nannte. Ich verlor meine Klientin. Ich verlor eine gute Courtage.

«Er hält sich für sehr schlau... er denkt, ich hätte ihn nicht gesehen. Ich habe die Gabe des Sehens und weiß, wie ich sie anwenden muß. Selbst an den dunkelsten Stellen sehe ich klar. Sie halten mich für eine Idiotin... in der Nacht, als sie mich überall getreten und fortgeschafft haben wie eine Ziege. Aber ich habe die Frau nur geärgert. Ich weiß gar nicht, warum sie geschrien hat. Es war doch nur ein Spiel. Ich muß mich entspannen und etwas rauchen... Ich habe beschlossen, ihn zu ignorieren, ich brauche im Moment gar kein Geld. Yekeni hat für Papas Reifen gut bezahlt. Arme Mami, ich weiß, er hat sie angeschrien: «Deine drogensüchtige Tochter hat meine Reifen gestohlen!»

Mein Vater sollte mich nicht als drogensüchtig bezeichnen. Ich bin lediglich eine verliebte Frau. Eine Frau, die sich verliebt hat in eine Nadel und warmen, weißlichen Schaum auf dem Löffel. Was ist für ihn daran so schwer zu verstehen? Letzten Endes ist dies doch eine freie Welt. Niemals habe ich ihm seine verschiedenen Freundinnen übelgenommen, nie habe ich meiner Mutter von ihnen erzählt. Natürlich weiß sie davon. Sie hat es schon vor langer Zeit herausgefunden. Auf der Hochzeit eines Freundes der Familie hat sie es einer auf den Kopf zugesagt. Ich dachte, die müsse vor Verlegenheit in den Boden versinken.

In einem palmengesäumten Haus am Ufer der Lagune von Lagos, in einer Nacht der Musik und der sich im Kreise drehenden Körper, lernte ich meinen weißen Liebling kennen. Er war die Seele der Party. Musik erfüllte die Nacht. Ich seh dich dort, wenn du hingehst, wenn du jemals dagewesen bist... ich bin dagewesen. Wir sind in dieser Nacht auf die Gipfel gestiegen. Wir alle waren da. Sam, ein Klassenkamerad, hatte bemerkt, wie schnell ich mich verliebt hatte, und flüsterte mir zu:

«Weißt du, wenn du es willst, kann dir dieses Crack eine ganze Menge Geld einbringen.»

«Wie?»

«Ich habe gehört, du seist eine sehr gute Schauspielerin. Mit einer Schauspielerin ist alles möglich. Noch besser, du kannst das Drehbuch auswählen und bei deiner eigenen Produktion Regie führen.»

«Mach's nicht so spannend, ich versteh kein Wort.»

«Hast du schon mal Kurier gespielt? Traust du dir das zu?»

In dieser Nacht war ich high. Ich hielt tatsächlich alles für möglich. Sam brachte mich zu einem Amerikaner, dem Koordinator eines Drogenrings, der das Land als Durchgangslager benutzte. Er half mir, die Tiefen meines versteckten Potentials

als Schauspielerin zu ergründen. Er war der perfekte Leiter eines Castings, er war es, der darauf hinwies, daß die Behindertennummer am überzeugendsten wirkte, wenn es darum ging, das Mitleid auszunutzen, das die meisten Menschen für Behinderte empfinden. Wer würde schon so leicht eine behinderte Dame im Rollstuhl verdächtigen, die für eine Behandlung ins Ausland reiste? Wer würde argwöhnen, daß in ihrem Rollstuhl sorgsam Heroin versteckt war? Als wir ausreichend geprobt hatten und bereit waren für die Premiere, schlich ich mich einfach eines Morgens aus dem Haus und teilte meinen Eltern mit, ich würde für einen Tag über die Grenze nach Cotonou gehen, um eine Freundin zu besuchen. Zwei Tage darauf rief ich meine Mutter aus den Vereinigten Staaten an, nur um ihr mitzuteilen, ich sei okay und sie brauche sich keine Sorgen zu machen.

Ihrem Flehen und ihrem Gezeter gegenüber blieb ich taub. Ich hörte aber die betörende Flöte meines weißen Lieblings, die mich rief, komm her, komm her, komm her. Für drei Jahre wurde ein Horizont jenseits des Meeres meine Heimat, sie winkte mir zu, doch der Ozean war dazwischen, mein weißer Liebling, das Geld, das Abenteuer, die Macht, der schöne Schein. Bis zu dem Morgen, an dem sich der Vorhang vor meiner Vorstellung senkte. Es gab keinen Applaus, der mich zu einer zweiten Verbeugung aufforderte. Die Polizei war in mein Apartment eingedrungen. Ein freundlicher Nachbar, dem ich auf dem Weg nach Hause begegnete, gab mir Bescheid: «Die Cops sind dir auf den Fersen. Geh und mach, daß du fortkommst.» An diesem Tag lernte ich den Wert von Plastik schätzen. Ich nahm meine praktische Plastikkarte, ging an den Geldautomaten und hob all mein Geld ab. In Männerkleidern, als Halbanalphabet, dessen Englisch so schlecht war, daß sein Mund besser geschlossen bliebe, floh ich aus den Vereinigten Staaten.

Ich, die verlorene Tochter, kam heim und fand nicht den Mut, in das Haus meines Vater zurückzukehren. Ich lebte in Hotels, wahrte mein Prestige und hielt die Scharade des Blendwerks aufrecht, bis mir das Geld ausging. Mein weißer Liebling wurde immer besitzergreifender, forderte mein Herzblut. Ich brauchte immer mehr Crack. Die Dealer wurden immer erbarmungsloser. Männer, die ich gefüttert und genährt hatte, erklärten mir: «Zahl oder stirb.» Ich zahlte mit meiner Kleidung, meinem Schmuck, und als ich davon nichts mehr hatte, zahlte ich mit meinem Körper.

Ich stand morgens auf, mit zerzaustem Haar, die Augen blinzelten der Sonne entgegen, die Zehen lugten aus den Schuhen hervor, die Kleider hingen an mir herunter, ich zog durch die Straßen von Lagos, lungerte an den Bushaltestellen herum, bettelte Händler und Passanten um Geld für Nahrung an, Geld, daß ich für meinen weißen Liebling, für Essen und Trinken ausgab.

In einer Stadt, in der sich die Leute nicht um ihre eigenen Angelegenheiten kümmern, erfuhren meine Eltern davon. Meine Mutter suchte mich auf und nahm mich mit nach Hause, sie weinte bitterlich beim Anblick meiner ungewaschenen Erscheinung und der Krätze auf meinem Körper. Mein Vater blickte mich einfach nur an und ging hinaus. Ich ließ mich auf das cremefarbene Sofa meiner Eltern sinken und hörte meinen Vater davonfahren. Ich hörte ihn spät in dieser Nacht zurückkehren, ich hörte ihn meine Mutter anbrüllen, sie dafür beschimpfen, ihn mit einer Tochter wie dieser entehrt zu haben. Eines Nachts, tief in der Nacht, in der Stunde, in der nur die Eulen wach sind, kletterte ich aus dem Fenster und kehrte auf die Straße zurück.

Deshalb habe ich die Straße zu meiner Heimat gemacht. Um meine Mutter zu schützen. Sie sucht mich weiterhin an den Straßenecken, in den schäbigen Bars. Noch immer bringt sie ihre jüngeren Brüder und Schwestern, meine Onkel und Tanten, dazu, mich herauszuholen und nach Hause zu bringen. Doch mein weißer Liebling ruft nach mir. Oh, mein weißer Liebling. Wie könnte ich meine Nadeln im Stich lassen, das Feuerzeug, mit dem ich den lieblichen Saft im Löffel koche. Mein Liebling schmiegt sich an mich und spricht: «Laß mich in deine Venen fließen, nach deinem Blut dürstet mich.»

Ich kann meinen Vater wirklich nicht verstehen. Schon immer hat er zu Überreaktionen geneigt. Letzten Endes habe ich lediglich ein paar seiner Reifen, sein Autoradio, den Rückspiegel und seine goldene Krawattennadel mitgehen lassen. Ha, er sollte mal meine Mutter fragen... ich hasse es, ihr etwas zu klauen, aber ich kann meinen Liebling nicht verleugnen. Ihre Schmuckkassette habe ich erst genommen, nachdem ich all meine eigenen Dinge verkauft hatte. Ich habe sogar versucht, meine Uni-Zertifikate zu versetzen. Für mich haben sie keinen Wert, aber niemand hat sie gewollt. Das Leben ist wirklich hart.

Irgend jemand sollte meiner Mutter sagen, daß sie sich um mich keine Sorgen machen muß. Ich habe versucht zu sterben, ich bin aber nicht gestorben. Also, denke ich, wird mit mir alles wieder gut. Eines Nachts, als alle schon im Bett waren, ging ich in die Küche und ergriff eines jener scharfen Küchenmesser, die der Koch gern benutzt, um das Huhn für das Mittagessen zu zerlegen. Ich ging zurück in mein Zimmer, legte mich auf mein Bett, hielt das Messer an meine Kehle und drehte meinen Hals in exakt die Stellung, wo ich meine Schlagader vermutete. Aber vor meinem geistigen Auge sah ich mein rotes Blut an den cremefarbenen Wänden meines Schlafzimmers verspritzt. So wie Hühnerblut. Huch, ich wollte nicht, daß mein Blut auf den Boden spritzte wie Hühnerblut, auf Blutgraffiti bin ich nun wirklich nicht scharf. Außerdem, wie hätte Mami es ertragen können, mein Blut von den Wänden zu wischen. Ich weiß, das Hausmädchen würde lieber ihren Job verlieren, als mein Blut zu berühren. Ich hielt eine ernsthafte Beratung mit mir selbst ab und beschloß, ich sollte auf würdevollere Weise gehen, oder vielleicht bin ich wirklich nur ein feiges Huhn.

Einmal probierte ich es mit einer Pistole, aber dann kam Mami und klopfte just in dem Moment an die Tür, als ich sie an meinen Kopf setzte. Schnell ließ ich die Waffe unter der

Matratze verschwinden. Der Zeitpunkt war verstrichen. Ich bin lebendig, nicht weil ich versucht habe zu leben. Mir gefällt es wirklich, unter Brücken zu schlafen. Ich wünschte, Mami könnte das verstehen. Weil ich unfähig war zu sterben, nehme ich es jetzt, wie es kommt, je nachdem auf welcher Seite die Münze Tag für Tag landet. Ich heule, wenn ich hungrig nach Liebe bin, lächle, wenn mich mein weißer Liebling umarmt, und schlafe unter Brücken.

Es ist so befreiend, so entspannend, und da sind immer ein oder zwei Freunde, mit denen ich eine Party haben kann. Bei uns sind drei nie zuviel. Wir legen drei Steine auf den Boden und opfern Papier, das wir auf der Straße aufgelesen haben. Dann entzünden wir unseren Ofen aus Stein und Papier mit einem Feuerzeug, und bald haben wir ein brennendes Delta für unseren Schatz. Tunde machte als erster den Scherz: Er erklärte, unser Ofen auf dem Boden gliche dem Niger-Delta. Er hat mal Geologie studiert. Wir sitzen um das Feuer herum und machen meinen Liebling ganz geschmeidig und warm, und dann lassen wir die Nadel kreisen. Die Sonne heiß auf unseren Gesichtern wie ein brünstiger Ziegenbock oder der Mond hell und leuchtend über uns, empfinden wir die kalte Nacht beinahe als warm. Mein weißer Liebling ist ein so kuscheliger Mantel.

Dieser dumme Kerl. Der denkt, ich hätte ihn nicht erkannt... mit seiner dunklen Sonnenbrille sieht er aus wie irgendein blöder Schauspieler... Ich brauche eine schnelle Umarmung, ich muß mich hinsetzen und mich irgendwo ausruhen. Ich glaube, ich werde zurückgehen, mich auf seiner Motorhaube niederlassen und meinen Schatz liebhaben...

Iyawos Woche

Soweit ihr Auge reicht, ist das Dorf voll grüner Blätter, die Wohlgeruch verströmen. Die Vögel zwitschern der Sonne ihr Guten Morgen entgegen. Heuschrecken hüpfen auf den Wegen herum. Sie ist voll freudiger Erregung. Heute beginnt ihre «Beischlaf-Woche». Federnden Schrittes geht sie zum Familienbrunnen, um einen Eimer kristallklaren Wassers für ihr Bad zu holen. Auf dem Rückweg trifft sie Temilola, die zweitälteste Tochter ihres Mannes. Temilola kniet nieder, um sie zu begrüßen.

«Steh auf, mein Ehemann», antwortet sie. «Guten Morgen, ihr anmutigen Augäpfel, meine Tochter, die glänzt wie Sheabutter. Hast du gut geschlafen? Wie geht es deiner Mutter und deinen jüngeren Brüdern?»

«Danke, Iyawo, es geht uns gut. Komm, ich helfe dir mit dem Eimer.»

«Ich danke dir, mein Ehemann.»

Die Kinder ihres Mannes wurden ebenfalls respektvoll mit «mein Ehemann» angesprochen. Sie gibt Temilola den Eimer. Die setzt ihn geschickt auf ihren Kopf, geht zum Badezimmer der Familie und stellt ihn dort auf dem Holzfußboden ab. Iyawo betritt das Badezimmer, etwa hundert Meter vom Haupthaus entfernt, ein unüberdachter Verschlag aus stabilen Holzplanken. Sie zieht die Tür zu und knotet ihr Hüfttuch auf. Sie spielt mit ihrem Perlengürtel und bewundert ihre Sanduhr-Figur.

Wieder spürt sie die Erregung. Heute beginnt ihre Beischlaf-Woche. Sie gießt kaltes Wasser über sich, jeder Nerv an ihr erwacht, als sie anfängt, sich mit der schwarzen Seife einzuschäumen. Die hat sie am letzten Markttag gekauft. Sie spürte, daß sich diese Extraausgabe für schwarze Ijebu-Seife wirklich gelohnt hatte. Sie machte schönen Schaum. Niemand stellte so gute schwarze Seife her wie die Ijebu-Frauen. Sie gaben zusätzliche Feuchtigkeits- und Reinigungsextrakte hinzu wie Kamholz, Honig und Alaun. Die Frauen der Ijebu sind berühmt für ihre glänzende, glatte Haut.

Sie duscht sich gründlich ab, bindet ihr Tuch um und geht in ihr Zimmer. Sie reibt sich ein mit Kokosnußöl und schminkt ihre Augen mit Silberweiß. Hastig nimmt sie ihr Frühstück aus Haferschleim und übriggebliebener Gemüsesuppe ein. Sie muß sich beeilen, denn sie hat Modele gesagt, sie solle sie erwarten, sobald die Sonne anfing zu brennen. Sie wollte sich für die Beischlaf-Woche eine besondere Frisur von ihr machen lassen.

Modele erwartet sie bereits. Die Matte ist ausgerollt.

«Guten Morgen, meine Freundin. Dir kann ja wirklich jeder anmerken, daß du diese Woche mit Schlafen dran bist, so beschwingt, wie du daherkommst.»

«Modele, du verstehst doch sicher, wie das ist. Du weißt, mein Mann hat vier Frauen, da muß man verdammt lang Schlange stehen.»

Während sie so dasaßen und ihr Haar geflochten wurde, kamen Leute vorbei und grüßten. «Na, du läßt dich aber schön machen.» Die Frauen nahmen Iyawo auf den Arm. «Du mußt diese Woche mit Schlafen dran sein.»

Modele ist jetzt fertig mit der Frisur, und Iyawo eilt zum Markt, sie ist gleich ein bißchen größer geworden, herausgeputzt wie sie ist. Stolz zeigt sie sich mit ihrer neuen Frisur. Sie muß für ihren Mann kochen, weil sie diese Woche an der Reihe ist, bei ihm zu schlafen. Da darf nichts schiefgehen. Das kann sie sich nicht leisten.

Adeola, ihr Ehemann, legt großen Wert auf sein Essen, und jede Frau, die das Essen nicht rechtzeitig fertig hatte, kam das teuer zu stehen. Sie erinnerte sich, welchen Preis Mama Ronke bezahlt hatte, seine zweite Frau, als sie vor ein paar Monaten einmal das Essen nicht pünktlich auf den Tisch gebracht hatte. Ihr Ehemann war mit zwei Freunden zum Mittagessen gekommen, und als er sah, daß das Essen noch auf dem Herd stand, rief er ihre Tochter mit ruhiger Stimme zu sich und befahl: «Geh runter zu Mama Pejus Buka. Sag ihr, ich möchte zehn mal eingewickelte, gestampfte Yams, acht Scheiben bestes Buschfleisch, vier Stück geräucherten Fisch, vier große Kalbshaxen und einen großen Krug Palmwein. Sag ihr, sie soll alles auf die Rechnung deiner Mutter setzen.»

Das Mädchen überkam damals das Gefühl, es müsse auf der Stelle in Ohnmacht fallen. Sie wußte, das bedeutete, daß sie die neuen Kleider, die ihre Mutter ihr und ihren jüngeren Geschwistern für das Erntefest versprochen hatte, nicht bekommen würde. Doch sie wagte nicht, zu ihrem Vater auch nur ein Wort darüber zu sagen. Sie eilte und gehorchte. Ihre Mutter, die sich nebenan in der Küche aufhielt und ins Feuer blies, damit das Essen schneller gar wurde, hatte alles mit angehört und brach in Tränen aus. Das Essen, das der Mann soeben bestellt hatte, würde das ganze Geld verschlingen, das sie vom Verkauf ihrer Ernte gespart hatte, das Geld, das sie sorgfältig zur Seite gelegt hatte nach jedem großen Markttag, um Sachen für sich selbst und ihre Kinder zu kaufen, und mit dem sie außerdem das Haushaltsgeld aufstockte, das der Ehemann jeder Frau gab, wenn sie an der Reihe war, für die Familie zu kochen. Die anderen Frauen trösteten sie, aber sie konnten nichts ausrichten gegen das, was der Ehemann verfügte.

Iyawo ist früh fertig und serviert das Essen in ihrem teuersten Tongeschirr, das für besondere Gelegenheiten wie diese aufgehoben wird. Sie wickelt die gestampften Yams in ein schönes dickes Aso-oke-Tuch, um sie warm zu halten. Dann arrangiert sie das Essen auf ihrem besten Holztablett. Ihr Haar hat sie in ein Tuch gebunden. Und... sie betritt das leere Wohnzimmer ihres Herrn. Sie geht zu dem Tisch in der Mitte des Raumes und kniet davor nieder. Vorsichtig stellt sie das Essen auf den Tisch. Ihr Publikum besteht aus den schweren Mahagonimöbeln, den Fensterläden aus Holz und dem Schweigen, das in ihren Ohren widerhallt. Warum sie vor einem leeren Raum auf die Knie fällt, fragt sie nicht. So hat sie es von ihrer Mutter gelernt. So stellt man dem Ehemann das Essen auf den Tisch, wurde ihr gesagt. So ehrt man den Ehemann, auch wenn er gar nicht da ist und es nicht sieht. Er kann es nicht spüren. Er ist nicht da und weiß nichts davon. Kniefall vor einem abwesenden Herrn.

Sie erhebt sich, sie spürt die Säfte in ihrem Körper aufsteigen, die natürlichen Öle in ihren Lenden. Sie geht in sein Schlafzimmer, legt ihr Hüfttuch ab und richtet sorgfältig ihre Frisur. Sie steigt in sein Bett, wartet darauf, daß er kommt, um bei ihr zu schlafen...

Adeola wandert durch die Straßen, er ist in Gedanken versunken, im vertraut-wohligen Geruch von Ziegendung. Fast wäre er mit einem Mann auf einem Fahrrad zusammengestoßen, der Radfahrer schreit ihn an: «So paß doch auf, wo du hin läufst. Verschone mich mit deinem Unglück.» Adeola nimmt ihn gar nicht wahr. Er ist viel zu beschäftigt mit seinen Plänen. Wie soll er bloß heute nacht mit zwei Frauen zurechtkommen?

Es war ihm klar, daß er sich wirklich etwas einfallen lassen mußte. Iyawo durfte nichts von seiner Konkubine, Olabisi, erfahren. Denn dann würde sie sich heute nacht nicht so um ihn bemühen. Wie sollte er Olabisi in sein Haus schmuggeln? Iyawo wird jetzt auf seinem Bett liegen, auf ihn warten, sein Yamsbrei wartet auf ihn, aber er wollte das Rendezvous mit Olabisi nicht absagen. Ihre Eltern waren so streng. Daß sie ihm für heute nacht ihre Tochter anvertrauten, hatte ihn drei Wochen strategischer Planung gekostet... Was tut ein Mann also? Er nutzt seine Privilegien als Ehemann. Er wird sie einfach mit nach Hause nehmen und seine dritte Frau, Olanike, bitten, ihr etwas zu essen zu machen und das Gästezimmer herzurichten ... das Zimmer, das normalerweise für seine Freunde reserviert ist, wenn sie zu Besuch kommen.

Olanike wird leise vor sich hinfluchen, aber sie wird nicht weiter nachfragen. Nachdem er Olabisi Olanike überlassen hat, wird er sein Abendessen einnehmen, mit Iyawo schlafen und sie liebkosen, bis sie einschläft. Dann wird er sich beeilen, hinüber zu Olabisi zu kommen... Jetzt, wo er all seine Bedenken sortiert hat, werden seine Schritte schneller. Es war doch eine gute Idee, heute seinen weiten fließenden Agbada anzuziehen – eine perfekte Tarnung für seine Erregung. Trüge er Hemd und Hose der Weißen, könnte jeder, der ihm begegnete, sofort sehen, daß er auf dem Weg zu einem Schäferstündchen war. Er beeilt sich, lächelt Olabisi zu, die bereits unter dem Kapokbaum auf ihn wartet...

Adeola rollt zur Seite. Seine Frau, Iyawo, seufzt erleichtert... Adeola zieht sie an sich, nimmt sie in den Arm, er möchte sie streicheln, damit sie einschläft und er sich schnell bei Olabisi befriedigen kann, die schon voller Ungeduld im Gästezimmer auf ihn wartet. Iyawo kichert.

«Mein lieber Mann, ich muß mal schnell zur Toilette, ich bin gleich wieder da.» «Aber beeil dich, es ist so eine schöne Nacht.»

Beide lachen, als sie ihr Tuch umbindet und hinausgeht. Leise öffnet sie die Tür, die in den Hof führt. Sie möchte keine ihrer Mit-Frauen aufwecken. Sie tritt auf den weichen, sandigen Boden und atmet tief durch. Vorsichtig schleicht sie sich über den Hof und geht fort von Adeola, in dieser ersten Nacht ihrer Beischlaf-Woche. Sie hofft, daß der Hund sie als Freund, als Mitglied der Familie, erkennt und nicht bellt. Sie schaut nach links und nach rechts, nimmt die Stille um sich herum auf und schleicht sich zu dem Busch hinter dem Badezimmer, wo sie ihre wertvollsten Sachen versteckt hat.

Gegen ihren Willen hatte ihr Vater sie Adeola zur Frau gegeben, weil er diesem eine beachtliche Summe Geld schuldete und nicht imstande war, diese zurückzuzahlen. Adeola hatte Interesse an ihr bekundet, obwohl er bereits drei Frauen hatte. Er sagte ihrem Vater, er könne seine Schulden in den Brautpreis umwandeln, wenn er ihm seine Tochter zur Frau gebe. Ihr Vater war einverstanden. Sie hatte geweint und gejammert, aber es blieb ihr nichts anderes übrig. Denn ihr anderer Verehrer, Akinomo, den sie wirklich liebte, war zu arm, um die Schulden ihres Vaters zu bezahlen. So hatte sie nur auf den richtigen Zeitpunkt gewartet, solange ihren Liebsten heimlich getroffen und ihm durch verschwiegene Kinder gute Sachen zum Essen bringen lassen.

Und vor kurzem hatte Akinomo eine Erbschaft gemacht. Sein Vater war gestorben und hatte ihm eine kleine Kakaofarm hinterlassen. Die letzte Ernte war sehr gut gewesen. Akinomo konnte sich jetzt leisten, den Brautpreis, den Adeola für sie bezahlt hatte, zu übernehmen. Also eigentlich die Schulden ihres Vaters.

Sie hält ihr Gesicht in den Wind, gibt das vereinbarte Zeichen, drei Käuzchenschreie. Die Antwort dringt zu ihr durch die Nacht, klingt wie ein grunzendes Schwein, das auf der Müllhalde nach Eßbarem wühlt. Geschwind setzt sie den Korb auf den Kopf und eilt in die Richtung, aus der das Schweinegrunzen kam.

Der Vollmond leuchtet ihr den Weg. Die Frösche quaken ein Liebeslied. Sie geht ohne Angst in diese Nacht der Freiheit. Sie bahnt sich ihren Weg mit bloßen Händen, biegt herabhängende Pflanzen zur Seite, ihr Blick ist starr nach vorne auf den großen Cashewnußbaum am Ende des Busches gerichtet, unter dem Akinomo auf sie wartet.

Vor lauter Freude achtet sie nicht auf ihre Schritte und tritt auf etwas, das hochspringt wie ein Puma und seine Zähne in ihren Knöchel schlägt. Ihr Schrei ohrfeigt das Gesicht der Nacht, und sie fällt zusammen wie ein Bündel Feuerholz, das achtlos auf die Erde geworfen wird. Ihr Korb rollt ins Gestrüpp, spuckt ihre Kleider, Perlen und Töpfe aus. Hilfe! Rette mich! Hilfe! Das ist mein Tod! Hilfe! Ihre Schreie lösen eine Kakophonie von Erwiderungen aus. Hunde knurren und bellen. Schlafende Grillen erwachen, zirpen eine tröstende Hymne. Akinomo, der die Hilferufe seiner Geliebten hört, befiehlt seinen Beine zu laufen, schnell loszulaufen, drängt sie wegzulaufen. Er denkt, sie muß von einer Viper gebissen worden sein, und deren Biß ist fast immer tödlich. Warum hätte sie sonst so durchdringend um Hilfe geschrien. Er hatte jetzt Geld, um eine Frau zu heiraten, nicht um eine tote Geliebte zu begraben. Das Auge, welches das Unglück nicht sehen will, braucht Beine mit der Geschwindigkeit des Windes.

Adeola, der lustlos darauf wartet, daß Iyawo zurückkommt, hört das laute Heulen einer Frau.

Er springt aus dem Bett und zündet eine Öllampe an. Er zieht sich hastig das Hüfttuch um, knotet es im Nacken fest. Er geht hinaus die Nachtluft, hält die Öllampe hoch und ruft: «Iyawo! Iyawo!» Er bekommt keine Antwort. Er eilt zur Toilette hinter dem Badezimmer. Da ist sie nicht. Er erkennt Iyawos Stimme. Ihr Mann rennt in die Richtung, aus der sie zu hören ist.

Ronkes Mutter

Nach den Prüfungen im zweiten Halbjahr stimmte die von Bäumen gesäumte Straße der Schule ein besonderes Lied an und verwandelte sich in eine flammende Symphonie aus roten Blüten. Hin und wieder fielen getrocknete Samenhülsen auf den Boden, platzten auf, um in der Erde zu wurzeln und Tausende kleiner Sämlinge hervorzubringen, die vorwitzig ihre Köpfe herausstreckten.

Die Dongoyaro-Bäume hinter dem Kloster schienen unverwüstlich, erholten sich immer wieder von den scharfen Macheteschnitten, mit denen ihnen Stücke ihrer medizinischen Rinde abgeschlagen wurden, die Luft war erfüllt vom Duft ihrer gelben Blüten. Die Mädchen in ihren blauen Wickelröcken und gestärkten weißen ärmellosen Blusen versammelten sich am Abend auf dem Rasen, spielten etwas zusammen und hielten auf der Straße Ausschau nach Besuchern. Es war die Zeit, in der sich die Jungen der benachbarten Schulen in der St. Theresa's Girls' Secondary School nach Freundinnen umschauten. Und wenn die Mädchen eine Klassenkameradin unbekümmert den Flur hinuntertänzeln sahen, flüsterten sie miteinander und erzählten sich Geschichten.

«Erinnert ihr euch an den Abend des Erntefestes, als Schwester Agnes heimlich hinter uns her schlich in ihrer weißen Nonnentracht und eine Fledermaus vorbeiflog... Wißt ihr noch, wie sie rannte und schrie und die ganze Schule zur Hölle fahren lassen wollte?»

«Schwester Agnes, sie geht so, als seien ihre Füße nicht dafür gemacht, auf die Erde zu treten.»

«Man hört sie nie kommen. Wißt ihr, als sie Rektorin war, machte sie mitten in der Nacht Kontrollgänge durch die Wohnheime, um nach Mädchen zu schauen, die im Bett anderer Mädchen schliefen, und Gnade dir Gott, wenn du da erwischt wurdest.»

«Einmal hat sie mich erwischt, als ich noch in der Unterstufe war», sagte ein Mädchen. «Ich werde nie vergessen, wie sich ihr Gesicht rot färbte, wie eine überreife Tomate.

Dabei hatte ich nichts Unrechtes getan, ich hatte nur zu viel Angst, um in meinem eigenen Bett zu schlafen, weil ich in dieser Nacht etwas Ungewöhnliches gesehen hatte. Ich war gerade im Speisesaal mit meinem Küchendienst fertig geworden und auf dem Weg zur Latrine, als plötzlich ein heißer Wind aufkam. Ihr kennt doch die Palme hinter der Küche? Die, die Pappi George immer für den Palmwein anzapft?»

Alle nickten zustimmend.

«Ja, also die Palmwedel fingen an, laut zu rascheln, der Baum schwankte, als ob er jeden Moment umfallen würde, und ich sah ein gelbes Licht, als ob mehrere Öllampen oben an der Palme leuchteten...

Ehrlich, ich sage euch die Wahrheit... ich hatte solche Angst, daß ich den ganzen Weg zum Schlafsaal gerannt bin und mich einfach in Tomis Bett gelegt habe, wo Schwester Agnes mich gefunden hat. Sie schimpfte mit mir, sagte, ich müsse immer in meinem eigenen Bett schlafen. Ich sagte ihr, daß ich Angst hatte. Wie auch immer, ich verstehe nicht, warum sie so ein Theater machen.»

Ein Mädchen ergriff das Wort: «Nun, sie sind nicht verheiratet und glauben, Mädchen, die in einem Bett schlafen, könnten einander berühren.»

Eine andere unterbrach sie: «Ich habe mich auch in das Bett meiner Freundin geschlichen, in der Nacht, als ich dachte, ich hörte den Egbere-Geist heulen...»

Die jüngeren Mädchen rückten näher, weil sie die Wärme schwesterlicher Gemeinschaft suchten, und lauschten gespannt dem Fortgang der Geschichte. Jeder hatte schon mal vom Egbere-Geist gehört, jenem heulenden Gespenst, der eimerweise Tränen weinte und mitten in der Nacht eine Matte hinter sich her schleifte. Aber sie kannten niemanden, der ihn je wirklich zu Gesicht bekommen hatte. Sie erinnerten sich an ihre Kindheit, wie ihre Großmütter sie erfolgreich dazu gebracht hatten, mit dem Quengeln und Weinen aufzuhören, indem sie sagten: «Wenn du nicht sofort aufhörst zu weinen, kommt der Egbere-Geist und holt dich.» Das ließ sofort die

Tränen versiegen. Kein Kind wollte weggezaubert werden, für immer dazu verurteilt, Egberes ramponierte Matte und seinen Träneneimer zu schleppen.

«Jedenfalls, in jener Nacht wachte ich auf, ich mußte mal, ganz dringend. Dann hörte ich ein lautes Heulen vor dem Fenster und etwas, das sich anhörte wie eine Matte, die auf dem Boden entlanggeschleift wird. Ich hörte auch ein dumpfes Trommeln, das von weit her zu kommen schien. Ich hörte niemanden singen, nur das laute Heulen und das dumpfe Trommeln. Ich sah mich im Schlafsaal um, alle anderen schliefen fest, ich mußte wirklich ganz dringend und hatte große Angst. Ich begann in meiner Verzweiflung, Jesus anzurufen. Ich nahm meinen Seifenbehälter, pinkelte hinein und betete...»

Alle lachten.

«In dem Moment war das gar nicht lustig. Der Urin lief über, auf den Boden. Ich mußte alles mit meinem Handtuch für das Gesicht aufwischen. Ich versteckte den Seifenbehälter in meinem Spind. Am nächsten Morgen beschwerte sich die Schlafsaalaufsicht, daß der ganze Raum nach Pisse stank. Ich befestigte schnell ein Vorhangschloß an meinem Spind und rannte aus dem Zimmer, bevor sie eine Durchsuchung anordnen konnten.»

Die Mädchen aus der Unterstufe versuchten, ihr Kichern zu unterdrücken, da die Geschichtenerzählerin die Arbeitsaufsicht hatte, und sie waren sich nicht sicher, ob sie ihr Gelächter nicht als mangelnden Respekt auffassen würde. Sie wollten nicht die V-Strafe riskieren, jene gefürchtete Aufgabe, die ein Senior-Mädchen auferlegte, indem sie beide Füße wie ein V auf das Gras stellte und dem Mädchen, das bestraft werden sollte, befahl, das Gras ab der Stelle, wo ihre Füße standen, zu schneiden und dabei den immer weiter auseinandergehenden Linien des V zu folgen, bis dahin, wo sie endeten! Da die Linien sich buchstäblich in die Unendlichkeit erstreckten, konnte ein Mädchen tagelang ihre gesamte freie Zeit damit zubringen, das Gras zu schneiden, bis ein anderes Senior-Mädchen Mitleid bekam und das beleidigte Senior-Mädchen bat, Gnade walten zu lassen...

Die Mädchen wischten sich die Tränen vom Lachen ab. Jemand reichte ein Tablett mit harten butterbestrichenen Keksen herum. Eifrige Mädchen kauten mit eifrigen Zähnen, jemand sagte, den Schalk im Nacken: «Erinnert ihr euch an Iya Ronke?»

Diesmal mischten sich Schuldgefühle in das Gelächter, denn alle Mädchen hatten Angst vor Iya Ronke gehabt. Die sprechende Schülerzeitung fuhr fort: «Sie lief herum wie eine besessene Priesterin, suchte die leeren Klassenräume ab. Sie sagte, sie könne ihre Tochter Ronke nicht finden. Sagte, daß ihre Brüste schmerzten, sie habe Krämpfe im Unterleib. Sie schrie, ihre Tochter riefe nach ihr: Mutter, bitte komm und hol mich nach Hause. Die Nacht umfängt mich. Dornen stechen meine Füße. Der Wald um mich ist wie eine hohe Mauer. Mutter, Kriegerin, bitte komm und hole mich heim.

Sie ging die Allee hinunter, die scharfen Kieselsteine schnitten in ihre nackten Zehen. Ihr Blut vermischte sich mit dem Staub. Sie schien es nicht zu bemerken. Uns erschien sie wie ein Phantom in der Nacht.

Wir hatten uns von den anderen abgesetzt und waren entschlossen, keinen Eintritt für ein Theaterstück zu bezahlen. Wir hatten uns geschworen, kein Ticket zu kaufen. Wir wollten das Stück umsonst sehen... Ihr kennt doch diese Löcher im Speisesaal?»

Alle nickten.

«Dort hockten wir und sahen uns das Theaterstück an. Eine Lehrerin verscheuchte uns immer wieder, unterschätzte dabei unseren Übermut. Wir liefen immer wieder zurück, bis unser Spielchen unterbrochen wurde, als uns jemand zurief: Seht mal her!

Wir drehten uns um und erstarrten beinahe zu Salzsäulen, weil wir die besessene Priesterin erblickten. Sie trug ein handgewebtes Tuch um ihren Körper. In ihr Haar waren Kaurimuscheln eingeflochten. Sie trug mehrere Halsketten. An ihren Füßen klimperten Messingreifen. Ihr Hals und ihre Schultern waren mit weißer Kreide und rotem Kamholz bemalt. Wir sahen sie und liefen davon. Eine furchtbare Angst hatte uns befallen. Wie eine

Flutwelle wurden wir in den Speisesaal geschwemmt, und wir setzten uns einfach irgendwo hin. Wir fielen uns gegenseitig auf den Schoß. Der stellvertretende Rektor und die Hausmutter, die an diesem Abend Dienst taten, kamen herbeigerannt, um die Ursache für diesen Tumult herauszufinden. Sie stellten sie ohne Umschweife zur Rede: Wer sind Sie? Was wollen Sie? Sie antwortete nur: Ich suche meine Tochter, Ronke. Ronke wer? Wie heißt sie mit Nachnamen?

Als ob sie einen Haufen Idioten vor sich hätte, wiederholte sie ruhig: Ich suche meine Tochter, Ronke...

Ich war so froh, daß ich nicht Ronke war. Sie führten sämtliche Mädchen namens Ronke, die es auf der Schule gab und die mutig genug waren, sich nicht unter den Bänken zu verstecken, herein. Sie ließen sie aufmarschieren, eine nach der anderen: Ist Ihre Tochter hier? Ist das Ihre Tochter?

Nein, der Geruch meiner Tochter ist der Geruch nach Donner, der Duft eines frisch ausgebrüteten Kükens. Nein, das sind nicht meine, meine Tochter zischelt wie Kokoro, wie Maiskolben in der Bratpfanne...

Der Rektor war dermaßen sauer. Ich glaube, auch er hatte Angst. Er befahl barsch: Schafft diese Verrückte hier raus. Während die Nachtwächter sie die Straße hinunterzerrten, flog ihr Schrei durch die Nacht und traf uns in unseren Verstecken.

Wer weiß, vielleicht hörte sie ihre Tochter sagen... ich bin hinter einer Dornenhecke. Die Würmer knabbern an meinen Füßen. Der Nebel verschleiert meinen Blick. Komm und hol mich heim...»

Ein Mädchen stieß der Geschichtenerzählerin in die Rippen und sagte: «Hör auf, uns Angst einzujagen. Du gibst zuviel Salz in die Geschichte.»

Die Glocke läutete zum Abendgebet, und die Mädchen halfen sich gegenseitig, vom Rasen aufzustehen, und klopften sich den Sand und das Gras von ihren Röcken. Sie gingen hinüber zur Schulkapelle unter einem in allen Farben schimmernden Himmel. Zwei oder drei wußten genau, daß sie heute nacht nicht alleine schlafen würden.

Die Kristallfrau

Sie ging den breiten sandigen Dorfweg entlang. Es war fast wie ein Tanz, mit jedem Schritt sank sie beinahe knöcheltief in den weißen Sand ein, der wie Quarzsteine in der Sonne glitzerte. Ihr Kleid raschelte im Wind, umspielte ihre Beine, wurde hochgerissen, so daß ihr Petticoat darunter hervorblitzte.

Von weitem konnte ich die trauernden Bäume am Flußufer sehen. Palmen, die nie wieder Früchte tragen würden, ihre Wedel abgebrochen wie amputierte Gliedmaßen. Mangroven, schwarz von Ölschlick. Ich hatte schon mehrere Spaziergänge hinunter zum Fluß unternommen und mich gewundert, wie tot er war. Er sah dunkel, ölig, dubios aus. Das Wasser stand still, bewegte sich nicht, zähflüssig vom Öl, das die Ölgesellschaften, die in der Gegend bohrten, einfach auslaufen ließen. Kinder mit riesigen aufgeblähten Bäuchen und großen hungrigen Augen schwammen in dem sumpfigen Wasser und sahen nach ihren Korbfallen aus Bambus, in denen sie etwas bitteren Fisch zu finden hofften.

Manchmal begegnete ich auf meinen morgendlichen Spaziergängen Dorfbewohnerinnen, die sich von der Ernte auf ihren Kautschukfarmen heimschleppten. Sie strömten den süßsauren Geruch des Kautschuks aus. Diese Frauen waren lange vor ihrer Zeit verhärmt, der Schwung ihrer Hüften längst dahin. Niedergedrückt von der Last ihrer Sorgen um die vielen hungrigen Mäuler und der Mühsal mit diesem unfruchtbaren Land, ausgelaugt von der Gier nach Öl. Nur Erdnüsse gediehen in der noch verbliebenen Erde beziehungsweise in dem, was die Buschratten davon übriggelassen hatten. Die Cassavapflanzen streckten sich schwächlich der Sonne entgegen. Die Yamswurzeln kamen aus dem Boden, klein und mickrig, wie zu früh geborene Ferkelchen, noch unreif arbeiteten sie sich mühselig durch, trotzten dem Sand Leben ab.

Auf dem Markt bestürzende Armut, als betrachte man Bilder aus einem Album mit Schwarzweiß-Fotografien, kein farbenprächtiges Gemüse, nur vereinzelt Stände, wie Pockennarben auf dem Gesicht eines Erwachsenen, ein paar Kisten mit Tomaten, verschrumpelten Zwiebeln, eingeweichtes Fleisch zäh wie Leder, getrockneter Fisch, steif wie ein Skelett.

Ich hatte mich sehr darum bemüht, für meinen Freiwilligendienst versetzt zu werden, um aus diesem trostlosen Dorf wegzukommen. Ich hatte mich beschwert über die riesengroßen Moskitos, den entsetzlichen Mangel an alltäglichen Annehmlichkeiten und darüber, daß ich meilenweit zu Fuß gehen mußte, bis ich zur Hauptstraße kam. Mit all meinen Bitten stieß ich auf Granit. Meine Vorgesetzten bestanden darauf, daß ich zurückging in dieses Dorf.

Also fand ich mich ab mit einem Jahr größter Langeweile und widmete mich fortan dem Verführen der Schulmädchen, der einzigen Abwechslung, die das Dorf im Überfluß bot, bis ich sie sah, die Lady mit dem flatternden Rock. Was sonst konnte dieses gewaltige Schweigen beschreiben: Es war wie die Stille eines Industriegenerators, der plötzlich und ohne Vorwarnung verstummte...

Die Edosa Secondary School, wo ich die Aufgabe hatte, die Schüler des ersten Jahrgangs in Englisch zu unterrichten, war eingeladen, an einer Debatte der Internate teilzunehmen, und ich war einer der Lehrer, der die Edosa-Delegation zu dieser Veranstaltung begleitete. Die Debatte hatte sich belebt. Die Edosa-Jungens erklärten der versammelten Menge unter Einsatz von Muskelkraft und Verstand, warum Väter wichtiger waren als Mütter, dabei plapperten sie wie ein Schnellzug auf Hochtouren... «Meine Damen und Herren, als mein Bruder sich sein Bein gebrochen hat, brachte ihn mein Vater ins Krankenhaus... mein Vater bezahlt meine Schulgebühren... und kauft mir einen Fußball...»

Ich war überhaupt nicht dieser Meinung, auch wenn ich sie in diesen Fragen unterrichtet hatte, und begann, das Interesse zu verlieren. Ich stand am Rande der Menge, als ich sie auf dem sandigen Weg entlangschweben sah. Ganz tief drinnen erfaßte mich eine Woge des Glücks, und gleichzeitig empfand ich große Angst.

Ich lief hinter ihr her, aber als sie es merkte, beschleunigte sie ihre Schritte und sank dabei immer wieder im Sand ein. Ich spürte die Elektrizität ihres Fluges. Ich sah einen Lichtschein nach dem anderen, als wenn ein Stromleiter Funken sprüht. Ich fing an zu rennen, mit jedem Schritt sagte ich mich von meinen Grundsätzen los. Ich, der ich immer über die Chemie gespottet hatte, wurde von derselben an den Hemdsärmeln gepackt! Am Parkplatz holte ich sie ein. Ich nahm sie bei der Hand und lächelte sie an.

«Warum läufst du weg?»

«Das Leben wartet nicht. Ich muß mit ihm Schritt halten.»

«Bitte, geh nicht, in mir entladen sich Stromstöße. Du hast mich elektrisiert.»

«Ich glaube nicht an Chemie», antwortete sie, ihre Stimme glich dem hellen Geplätscher der Bäche im Harmattan.

«Aber ich trage Eimer mit kaltem Wasser in mir.»

«Willst du mich töten? Wasser und Elektrizität verursachen tödliche Schläge.»

«Findest du nicht, daß die Erde ohnehin überbevölkert ist?«

Ich hatte meine Meisterin gefunden. Mein Arsenal an Formulierungen hatte mich schmählich im Stich gelassen. Ich folgte ihr schweigend.

«Ich, ich weiß nicht, wie du heißt, aber du bist mir so vertraut wie die Stimme meiner Schwester.»

«Ich bin die Kristallfrau, ich erleuchte die finsteren Zeiten.»

«Kristallfrau, ich bin gefangen in deinen Augen.»

Sie antwortete: «Wenn ich rufe, kommst du dann? Kannst du mein Leben würzen mit Wahrheit?»

Ich sagte: «Ich kann nur beichten, daß ich entflammt bin und das Hosianna singen möchte.»

Sie gab nur ein Zischen von sich und ging weiter... Ich rannte vor ihr her, schlug einen dreifachen Salto im Sand und landete direkt vor ihrem Gesicht. Halbnackte Kinder versammelten sich, glaubten, zu einer Gratisakrobatik-Show eingeladen zu sein. Sie mußte lachen. Ich bemerkte ihre ungewöhnlich tiefen Grübchen.

«Sieh mal, ich habe mich zu deinen Füßen im Staub gewälzt. Hab doch Erbarmen und rede ein bißchen mit mir.»

«Nun gut, Mr. Electric.»

Wir ließen uns auf eine Bank unter einer großen Schirmakazie fallen. Die Zeit verflog, so wie der Staub von den Bergen in alle vier Windrichtungen geblasen wurde und nicht mehr einzufangen war. Wir sprachen in Ebbe und Flut, galoppierten mit unseren Worten, wühlten in unseren Vergangenheiten. Sie verbrachte ebenfalls ihren Freiwilligendienst hier, als Ärztin, und arbeitete nur zwei Städte entfernt. Wie kam es nur, daß sie mir im Orientierungs-Camp nicht aufgefallen war?

«Oh, wir bewegen uns nicht in den gleichen Kreisen, da bin ich sicher.»

«Was soll das denn heißen?»

«Nun, du sieht aus, als gehörtest du zu den Roten – Wein, Frauen, Sünde...»

«Ach, so schlimm bin ich gar nicht, ich feiere gern ein bißchen. Aber wo hast du gewohnt im Camp?»

«Rate mal, wo sich eine Kristallfrau aufhält?»

«Bei den Orangenen, dort kann ihr Licht leuchten.»

«Du irrst dich gewaltig. Ich mag Orange überhaupt nicht, ich trinke keine Orange, und ich trage auch kein Orange. Einmal darfst du noch raten...»

«»Hmm, hmm...»

«In der Kirche hättest du mich finden können.»

Das Feuer in mir kühlte etwas ab.

Während ich mich mit der Erkenntnis herumschlug, daß ich mich in eine Frau verliebt hatte, die gerne in die Kirche ging, stand sie auf, um zu gehen.

«In einer Stunde habe ich Bereitschaft. Ich muß jetzt los.»

Ich wollte mich nicht von ihr trennen.

«Bitte nimm mich mit.»

«Was ist mit deinen Schülern, mit denen du hier bist?»

«Der Klassenlehrer wird sie zurückbringen.»

«Dann sag ihm Bescheid, daß du mit mir kommst.»

«Nein, der wird sich nur etwas einfallen lassen, womit er mich zurückhalten kann.»

«Aber lasse ihm wenigstens eine Nachricht zukommen, damit er weiß, wo du bist.»

Während ich schnell etwas auf einen Zettel kritzelte, bemerkte ich, daß einer meiner Schüler an uns vorbeischleichen wollte.

«Du, komm mal her! Warum versteckst du dich?»

«Ich hatte Hunger, Sir... Ich bin schnell mal rausgegangen, um mir ein Brot zu holen.»

«In Ordnung, bitte gib diese Nachricht an Mr. Laskana. Ich fahre kurz weg. Ich sehe euch dann in der Schule. Komm, wir gehen.»

Ein Bus kam, wir hielten ihn an und stiegen ein. Als wir uns der Stadt näherten, traf mich eine Erkenntnis, die mich gefangennahm wie eine Zwangsjacke. Meine ganze Existenz übermittelte mir die deutlich artikulierte Botschaft: «Fahre nicht weiter!» Ich versuchte, sie mit einer Kopfbewegung abzuschütteln, aber mein Körper wollte nicht gehorchen. Panik überfiel mich. Sie bemerkte mein Unbehagen und lächelte. «Na, hast du es dir anders überlegt?»

«Nein, aber irgend etwas warnt mich davor, weiterzufahren...»

«Dann ist es wohl besser, wenn du darauf hörst.»

Ich wünschte, ich hätte sie aus ihrer Gemütsruhe bringen können.

Sie wandte sich an den Schaffner und bat ihn, den Fahrer anhalten zu lassen.

Der Bus hielt, und ich sprang hinaus. Sie schüttelte meine Hände und legte etwas hinein. Ich sah nach, es war ein Riegel Schokolade.

«Willst du nicht mit mir kommen?» drängte ich sie.

«Hast du vergessen, daß ich in wenigen Minuten Bereitschaftsdienst habe?»

«Dann komme ich dich morgen besuchen.»

«Tu, was du nicht lassen kannst.»

Sie winkte mir lächelnd zu, und der Bus stob in einer Staubwolke davon.

Von weit her wurde ich von lautem Heulen aus der Mitte eines Traumlandes gerissen. Es wurde immer lauter. Ich versuchte, es abzuschütteln, aber es zwang mich aufzuwachen. Ich blinzelte und öffnete die Augen. Das Heulen wurde immer lauter, genau vor meinem Zimmer. Ich stürzte hinaus in meinem weißen Nachthemd, barfuß in der Eile, und sah Jude, meinen Zimmernachbar, weinend auf dem Gehweg sitzen.

Ich rannte zu ihm. Er sah mich kurz an, schrie auf und lief davon. Ich eilte hinter ihm her und rief: «Warte auf mich, warte doch», bis ich ihn am Haus des Direktors einholte. Inzwischen hatte sich eine Menschentraube gebildet. Inmitten des Stimmengewirrs waren einige Sätze zu vernehmen.

«Nein, nein, nein, nein, er kann nicht tot sein.»

«Unser Lehrer kann nicht tot sein.»

«Wir haben ihn doch erst gestern bei der Debatte gesehen.»

Jude stürmte in die Menge und schrie: «Hilfe, helft mir, da ist sein Geist!» Die Studenten rannten weg. Die Lehrer stürzten sich auf mich, kniffen mich, bewarfen mich mit Sand. Ich war verzweifelt, rang nach Luft und versuchte, nicht soviel Sand in die Augen zu bekommen. Weil ich mich nicht auflöste, als sie mich mit Sand bewarfen, kamen sie allmählich zu der Überzeugung, daß ich kein Phantom war. Dann erklärten sie mir: «Du hast Mr. Laskana eine Nachricht zukommen lassen, daß du mit einer jungen Dame nach Kaseh gefahren bist.»

«Weil alles so schnell ging, hatte der Junge die Autonummer des Busses notiert, in den er dich einsteigen sah. Heute früh kamen einige der Jungen in die Stadt und erzählten von einem blutigen Unfall, den sie im Vorort von Kaseh beobachtet hatten.»

«Der Bus war mit einem Lastwagen zusammengestoßen, es gab keine Überlebenden. Mr. Laskana fragte, ob sie sich an das Nummernschuld des Busses erinnern konnten. Sie konnten sich erinnern, es war derselbe Bus, in den du und die junge Dame...»

Der Sand stürmte mir entgegen. Die Planeten machten Platz. Ich war ein Stück Blei, das auf den Pluto stürzte. Der Mond glühte in Leichentüchern. Jemand schüttete einen Eimer kalten Wassers über mich. Das Wasser holte mich zurück. Ein brutales Erwachen. Chillipfeffer in meine offenen Wunden. Ach, tausend Sermone hätte ich mir liebend gern angehört, nur um ihre Stimme wieder vernehmen zu können. Noch ein Schwall Wasser wurde über mich geschüttet. Ich öffnete verstört die Augen, hoffte auf ein Ende des Sturms. Ich sah die Kristallfrau. Sie lächelte ungerührt. Sie weckte mich mit kristallklarem Wasser.